भटको नहीं धनंजय

उपन्यास

भटको नहीं धनंजय

पद्मा सचदेव

वाणी प्रकाशन ग्रुप
भारतीय ज्ञानपीठ
वाणी प्रकाशन : भारतीय ज्ञानपीठ की पुस्तकों के एकमात्र प्रकाशक एवं वितरक

पेपरबैक पहला संस्करण : 2002
पेपरबैक दूसरा संस्करण : 2006
पेपरबैर्क तीसरा संस्करण : 2024

लोकोदय ग्रन्थमाला : ग्रन्थांक 644

प्रकाशक
वाणी प्रकाशन ग्रुप
4695, 21-ए, दरियागंज, नयी दिल्ली-110 002
फ़ोन : 011-23273167, 23275710
ईमेल : sales@vaniprakashan.in

ISBN : 978-93-6287-763-5

भटको नहीं धनंजय
(उपन्यास)
पद्मा सचदेव

BHATKO NAHIN DHANANJAYA
(Novel)
by Padma Sachdeva

मुद्रक : आर. टेक ऑफ़सेट प्रिंटर्स, दिल्ली-110 032
आवरण : आर.वी.सिन्धु
Price : INR. 150

आदरणीय डॉ. धर्मवीर भारती के लिए –

भैया, आपके न होने पर भी
आपका जन्मदिन आया है,
उसी दिन के लिए।

– पद्मा सचदेव

भूमिका

महाभारत सात समुद्रों से भी विशाल है। 'भटको नहीं धनंजय' में मैंने एक बूँद लेकर कुछ पृष्ठ भिगोने का यत्न किया है। कई दिन अर्जुन पीछे पड़े रहे। अर्जुन की त्रासदी को भोगते-भोगते मैं बहुत कुछ अर्जुन हो गयी—अर्जुन, जो द्रौपदी भी है। स्त्री को त्रासदी भोगने का अभ्यास होता है, फिर भी त्रासदी तो है ही। यन्त्र बन जाने की त्रासदी बड़ी भयानक है, पर वीर पुरुष के लिए अपनी पत्नी बाँटने के अपमान से बड़ा कोई अपमान नहीं। दोनों को जिया है मैंने, और उसी तरह काग़ज़ पर उतारने का यत्न किया है मैंने।

भटकने की त्रासदी भी काफ़ी भयानक है। इस द्वार को पार कर लेने के बाद भटकन बढ़ती ही जाती है। ठहराव कहीं नहीं मिलता। इसका कोई समाधान भी नहीं है। सभी द्वार लाँघकर अपनी ही दहलीज़ पर ठहराव मिलता है। पाठक ही बता पाएँगे—मुझे ठहराव मिला है या नहीं।

नयी दिल्ली — पद्मा सचदेव

1 दिसम्बर 1999

जंगल में आग लगते, फैलते, बढ़ते और आग-ही-आग होते देखना एक अनूठा अनुभव है। देखते-देखते एक चिनगारी कैसे दावानल होकर सब-कुछ अपने भीतर निगलती जाती है—पलक झपकते ही कितना-कुछ समा जाता है इस आग के समुद्र में, कि आग के सुन्दर रंग में खोया मनुष्य यह सोच भी नहीं पाता। ऐसी आग से बच के निकलना भाग्य के अतिरिक्त और क्या हो सकता है?

खाण्डव वन के लाक्षागृह को पुरोचन ने बड़ी कुशलता से बनाया था। ज्वलन सामग्री पर इतना सुन्दर भव्यता का आवरण देखकर कौन माई का लाल कह सकता होगा कि यह दुर्योधन ने पाण्डवों को समाप्त करने के लिए निर्मित किया है। खाण्डव वन के लोग भी कितनी आतुरता से पाण्डवों के वहाँ आकर रहने की प्रतीक्षा कर रहे थे। और आज वो लाक्षागृह धू-धू करके जल रहा था।

भीम ने बड़ी चतुराई से सुरंग पर से बड़ा पत्थर हटाकर सबको बाहर निकलने को कहा फिर एक कन्धे पर माँ को बिठाया और दूसरे हाथ से सुरंग का पत्थर दोबारा ठीक से बिठाकर शीघ्रता से सुंरग से बाहर निकलने लगा। प्राणों का मोह त्यागकर तीव्रता से बढ़ते कदम थोड़ी कच्ची सुरंग में भयभीत हुए बिना आगे बढ़ रहे थे। जितनी शीघ्रता से इनके कदम बढ़ रहे थे, वैसे ही आँच भी पीछे-पीछे भागती चली आ रही थी। थोड़ी देर में ही लौ का उजियारा भीतर तक झाँकने लगा। पाण्डवों के पग और शीघ्रता से आगे बढ़ने लगे। बाहर एकदम घना जंगल अँधेरे का मुँह खोले सुस्ता रहा था।

बाहर निकलते ही भीम ने माँ को घास पर लिटा दिया। भाइयों की अनदेखी करके उसने एक तरफ़ पत्तों से झरते पानी के कुण्ड में से अपनी विशाल अंजलि भरी और माँ के माथे पर गिरा दी। कुन्ती हाँफकर उठ बैठी। कुछ जल उसके मुँह में चला गया था। उसने अपने पुत्रों को सामने देखकर प्रसन्नता से कहा, "पुत्रो, जल बहुत मीठा है। जाओ सभी जल ग्रहण करो।"

मौत के जबड़े खोलकर बच आने के बाद यह कहना जैसे जीवन का द्वार खोलना था। सबने कहा, "जो आज्ञा माँ।"

जल ग्रहण करने के बाद भीम ने युधिष्ठिर से कहा, "भैया अग्नि की आँच बयार के साथ यहाँ भी पहुँच रही है। पहले हमें इस क्षेत्र से निकल जाना चाहिए। यह पगडण्डी कहीं तो जाएगी?"

युधिष्ठिर बोले, "भीम, इस पगडण्डी से हम नहीं जाएँगे। यहाँ कोई भी जाँचने आ सकता है। जिन्होंने इतनी कुशलता से लाक्षागृह बनवाया वो इतनी सहजता से न जाने देंगे। यहाँ से निकलने के लिए सबसे कठिन राह चुनो। कम-से-कम उस पर कोई शत्रु न होगा। महात्मा विदुर के गुप्तचर तो हमें पा ही लेंगे।"

"जो आज्ञा," कहकर भीम ने एक लम्बा और मोटा वृक्ष जड़ से उखाड़कर जड़ पाँव से समतल कर दी। फिर उसके पत्ते उखाड़कर इधर-उधर बिखेर दिये। एक दुर्गम राह के पत्ते हटाता भीम सबको आगे करके ले जाने लगा। राह में से निकलते ही पत्ते सिकुड़कर फिर खिल जाते तो यह जानना असम्भव-सा लगता कि यहाँ कभी कोई राह भी होगी। वन में चिड़ियाँ कलरव मचाकर अपने-अपने घोंसले में जा बैठी थीं। झींगुरों को बोलने का मौक़ा लग गया था। काफ़ी देर चलने के बाद पाण्डव एक ऐसे स्थान पर आकर रुके जहाँ पीपल के भव्य वृक्ष के नीचे घास बिछौने की तरह बिछी हुई थी। यहाँ तक न कोई पगडण्डी आ रही थी न कोई राह थी। दूर कहीं से नदी का हल्का-हल्का स्वर कानों में रस घोल रहा था। सब लोग वहीं आकर बैठ गये। भीम ने युधिष्ठिर की तरफ़ देखा। मानो पूछ रहा हो—"अब क्या आज्ञा है?"

युधिष्ठिर ने पूछा, "भीम, आस-पास कहीं फलों के पेड़ अवश्य होंगे।"

भीम उठा और अँधेरे जंगल में घुस गया। नकुल, सहदेव ने बहुत से पत्ते बटोरकर एक नर्म शय्या बिछाकर कुन्ती को वहाँ बैठने का आग्रह किया। अब इस स्थान के स्वर मुखर होने लगे थे। कहीं से बूँद-बूँद जल झर रहा था। उसका स्वर एक लय में यूँ ही आ रहा था जैसे जंगल का ही हिस्सा हो। नकुल ने पलाश के पत्तों का दोना बनाकर जल भरा और माँ कुन्ती के चरण धोकर बड़े भाइयों के चरण धोये। पत्तों के बिछौने पर सुख से बैठे युधिष्ठिर ने देखा—कहीं से झोली भरकर फल ले आया है भीम। भीम ने उत्तरीय में बँधे फल झरने पर धोये। फिर माँ के आगे रख दिये। एक बहुत बड़ा पका हुआ कटहल चम्पे की तरह महक रहा था। भीम ने धीरे-से कहा, "माँ यह मैं खाऊँगा।"

माँ मुस्करा उठी, उसने सबको फल देकर कहा, "आज का भोजन बड़ा उत्तम है। मेरे भीम के रहते कोई भूखा नहीं रह सकता।"

कृष्ण पक्ष की इस अँधेरी रात में रजाई में दुबके चाँद ने ज़रा-सा कोना उठाकर सोचा यहाँ इस निर्जन में कौन-सा संसार बस गया है?

युधिष्ठिर ने फल खाते-खाते कहा, "धरती सबका ध्यान रखती है। वो माँ की भी माँ है। कल दिन में जब हमारी माँ ने भोज दिया था तब भीलनी और उसके

पाँचों पुत्र मदिरा पीने के बाद इतने मत्त हो गये कि उठकर घर ही न जा सके। आग भड़कते ही जब चट-चट की ध्वनि आ रही थी तब भी मुझे उन्हीं का ध्यान था।"

अर्जुन ने कहा, "भैया, भगवान् किस-किस राह से आकर समस्या सुधार जाता है, उसमें मनुष्य का गुजर नहीं है। भीलनी और उसके पाँच पुत्रों के कंकाल देखकर सब समझ रहे होंगे पाण्डव जल मरे।"

इस वाक्य ने सबको वास्तविकता में लाकर पटक दिया। बिना कुछ बोले सब अपनी-अपनी पुष्पशय्या पर सोते ही निद्रा में लीन हो गये। इस शयनागार में सोने से पहले जब भीम सतर्क होकर बैठने लगा था तब युधिष्ठिर ने कहा था, "भीम यहाँ तुम्हारी सतर्कता की कोई आवश्यकता नहीं। तुम हम सबको उठाकर लाए हो अब तुम सो जाओ। नकुल और सहदेव बारी-बारी से प्रहरी होंगे।" जैसे ही भीम अपनी शय्या पर लेटा, टाँगें पसारीं तो उसके खर्राटे हवा में भयावह लहर-सी रचने लगे।

युधिष्ठिर ने मन में सोचा कितना सरल है भीम, निद्रा इसके वश में है। सबको मौत के मुँह से निकाल लाया है पर चेहरे पर कोई लक्षण नहीं। कल जब महात्मा विदुर का सन्देश आया था कि पुरोचन आज ही कृष्णपक्ष में लाक्षागृह में आग लगा देगा तब माँ भोज की तैयारी कर रही थी। फिर कितनी ऊहापोह, कितनी हड़बड़ी, कितनी अनिश्चितता। भगवान् का धन्यवाद करके युधिष्ठिर बायीं तरफ़ करवट बदलकर सोने लगे।

नकुल ने सहदेव से कहा, "तुम भी भीम भैया के चरणों की तरफ़ सो रहो। तुम्हारी आधी शय्या पर तो उनके चरण ही हैं। नक्षत्रों की सहायता से आधी रात जानकर मैं तुम्हें जगा दूँगा।"

धीरे-धीरे सबको निद्रा ने अपनी गोद में सुला लिया तो नकुल सजग हुए। उनके भीतर का एक प्रहरी जग पड़ा। उसने देखा निस्तब्ध रात्रि में माँ कुन्ती एक छुई-मुई बच्ची की तरह घुटने जोड़े निश्चिन्त होकर सो रही हैं। युधिष्ठिर भी अपनी बायीं करवट पर जमे हुए सो रहे थे। भीम एकदम पहाड़ की तरह सीधा निश्चल निश्चिन्त! उसके चरणों के पास सहदेव गणपति के चरणों में पड़ा मूषक-सा लग रहा था। अर्जुन का एक हाथ गाण्डीव पर था दूसरा वृक्ष के तने पर अधलेटा-सा पड़ा था। नकुल ने तृप्ति से सबको देखकर आकाश में अदृश्य को प्रणाम करके धन्यवाद दिया। उसकी अवरुद्ध वाणी से टूट-टूटकर शब्द झरे।

"हे परमेश्वर, हम पाँचों भाई, माँ कुन्ती के साथ यहाँ तुम्हारी ही अनुकम्पा से जीवित हैं। अपनी दया बनाये रखना।" अपनी आँखों का जल पोंछकर उसने मुँह धो लिया, फिर प्रहरी के स्थान पर जा बैठा। रात कितनी सुन्दर हो सकती है, नकुल ने देखा। पीपल एक बुजुर्ग की तरह निस्तब्धता की चादर ओढ़े जैसे सब पर दृष्टि

रख रहा था। उसकी शाखाओं में छुपे कितने ही घोंसलों में पक्षी शान्ति से सो रहे थे। आकाश टाँग पर टाँग रखे जैसे घर का बड़ा परिवार का लेखा-जोखा कर रहा हो। छोटे-छोटे शोर एक होकर बह रहे थे। भीम के खर्राटे भी गहरी नींद में बदल गये थे। सिर्फ उसकी मूँछ साँस के आवन-जावन से ऊपर-नीचे हो रही थी। अद्भुत था। वृक्ष तोड़कर बनाया हुआ लट्ठ पास ही पड़ा था। ऊपर-नीचे होते देह पर उत्तरीय उड़ता तो लगता भीम शायद सो नहीं रहा। सबसे निश्चिन्त थी माँ कुन्ती। अपने पुत्रों के मध्य सोयी मणि की तरह शोभायमान थी। युधिष्ठिर किसी देवपुरुष की भाँति कुछ चिन्तन-सा करते प्रतीत होते थे।

सहदेव मुस्कराया, फिर सन्तोष सुख में झूलने लगा। नदी का स्वर कुछ मुखर हो उठा था। सहदेव को एकदम याद आया महात्मा विदुर ने गंगा का नाम लिया था। विदुर के प्रताप से ही हम सब सुरक्षित हैं। कुन्ती की ओर स्नेह से देखकर सहदेव ने सोचा। माँ यह तुम्हारी ही तपस्या का परिणाम है। तुम्हारे पाँचों पुत्र तुम्हारे पास हैं। कल भीलनी माँ के पाँचों पुत्रों की अस्थियों का संस्कार करने कौरव आएँगे। भीष्म पितामह को ही सब करना पड़ेगा। पितातुल्य विदुर न होते तो संस्कार तो हमारा ही होता।

सहदेव को अकस्मात् लगा अँधेरा और गहरा गया है। आधी रात के इस अमूल्य क्षण का अँधेरा जब सो जाता है, रात करवट बदलती है, निद्रा का जादू सब पर फैल चुका होता है। सहदेव ने सोचा मुझे तो नींद नहीं आ रही पर नकुल भैया को न जगाया तो अवज्ञा करके दण्ड भुगतना पड़ेगा। अभी सहदेव सोच में था कि किस तरह नकुल को जगाऊँ ताकि भीम भैया भी न जग जाएँ। तभी नकुल धीरे-से उठकर उसके पास आ गया और बोला, "लगता है आधी रात हो गयी। बड़ी प्यास भी लग रही है। जल लाकर दे।"

"जो आज्ञा।"

सहदेव ने सबके सो जाने पर पलाश का एक बड़ा-सा दोना बनाकर बूँद-बूँद टपकते पानी के नीचे रख दिया था। वही ढुल-ढुल करता दोना उसने नकुल के हाथों पर रखा। नकुल ने पानी के छींटे मुँह पर मारकर जल पी लिया और पूरी तरह जग गया। झरने के नीचे दोना रखा तो जंज़ीर खनकने जैसा स्वर आ-आकर दोने में झरने लगा। रात की चुप्पी मुखर हो उठी।

नकुल ने सोचा आस-पास का अवलोकन करना चाहिए। पीपल के पत्ते भी अब ऊँघ रहे थे। नकुल को यह देखकर सन्तोष हुआ। कितने समय के बाद सब तृप्ति की नींद सो रहे हैं। लाक्षागृह में पुरोचन की उपस्थिति ही सोने न देती थी। हर क्षण धड़का लगा रहता था। इधर-उधर देखकर नकुल की दृष्टि भुरुकुवा* पर

---

* भोर का तारा

अटक गयी। उसने देखा तारों के बीच कैसे राजा लग रहा था। एकदम उज्ज्वल, स्वच्छ और नीरोग। पौ फटने के पहले जब यह आकाश पर अकेला रह जाएगा तब यह कितना भव्य लगेगा।

माँ कुन्ती के कोमल शिशुवत् चेहरे का सन्तोष तारों की रोशनी में झिलमिला रहा था। अचानक कहीं से गाय के रँभाने की आवाज़ सुनाई दी। पशुओं का प्रेमी नकुल चौकन्ना हुआ। इस निर्जन में गाय कहाँ है? उसने सधे हुए हाथ-पैरों से पीपल की फुनगी तक जाने का विचार किया। कहीं बहुत दूर टहनियों पर हाथ-पाँव साधे नकुल ने देखा, भुरुकुवा का अंग-अंग निचुड़कर जैसे एक लकीर-सी बन गया था। पूरे अस्तित्व को कई गुणा बढ़ाकर गंगा की छाती पर लोट रहा था।

नकुल मुग्ध हो गया।

गाय के रँभाने का स्वर फिर सुनाई दिया। उसने देखा सिर पर एक बड़ी-सी गठरी लिये हाथ में बछड़े की डोरी थाभे एक ग्रामीण कुछ गा रहा था। चौकन्ना हुआ नकुल। उसमें विदुर का भाव था। ठीक महात्मा विदुर का। जिस तरह धीरे-से नकुल पीपल की फुनगी तक गया था, वैसे ही उतर आया। उतरते समय ज़रा-सी असावधानी से धम्म का स्वर होते ही युधिष्ठिर उठकर बैठ गये। अर्जुन का हाथ गाण्डीव पर चला गया और भीम ने लट्ठ पर हाथ रखा। नकुल ने कहा, "प्रातः अनुकूल सन्देश लायी है। महात्मा विदुर का कोई गुप्तचर हो सकता है। गाय और बछड़ा भी है।"

अर्जुन और युधिष्ठिर ने कहा, "चलो देखते हैं।"

नकुल ने कहा, "भैया, आप झरने पर हाथ-मुँह धोकर स्वस्थ हो लें। मैं उन्हें टोहकर यहीं ले आऊँगा।"

युधिष्ठिर ने कहा, "ठीक है ऐसा ही करो।"

नकुल के साथ जिस व्यक्ति ने प्रवेश किया यह वही व्यक्ति था जो कितनी बार पुरोचन की अनुपस्थिति में लाक्षागृह आ चुका था। युधिष्ठिर को देखते ही उसने कहा, "महाराज, सारी रात ढूँढ़ते ही बीत गयी। आप किस मार्ग से आये जान न पाया। नौका का प्रबन्ध करके गाय साथ लाने की आज्ञा थी। अब तो लगता था आपको न पा सकूँगा। बछड़ा भूखा था, उसकी रस्सी मेरे हाथ में थी। गाय के थन दूध से भरे हैं। वह न रँभाती तो कहाँ नकुल को पाता।"

युधिष्ठिर ने हँसकर कहा, "अब सिर से यह गट्ठर उतारो और नन्दीजी को छककर दूध पीने दो।"

गुप्तचर ने धीरे-से कहा, "यह ब्राह्मणों के वस्त्र हैं। आप इसी वेष में दक्षिण जाएँगे। यही आज्ञा है। बछड़ा तो दूध ऐसे पीने लगा है जैसे बूँद भी न रहने देगा। माँ भी कैसी तृप्ति से खड़ी हो गयी है।"

कुन्ती, जो अब तक सबकी बातें सुन रही थी, बोली–"माँ को अपने बच्चों की तृप्ति से अधिक सुख कहीं नहीं मिलता।"

गुप्तचर ने कहा, "भोर होने से पहले गंगा पार करना उचित होगा। आप शीघ्रता से वस्त्र पहनिए। जो वस्त्र पहने हैं उन्हें यहीं कहीं गाड़ देना होगा।"

कुछ ही देर में एक नाव पर पाँच ब्राह्मण एक दिव्यजोत स्त्री के साथ नौका पर गंगा के चौड़े पाट को प्रणाम करके जा रहे थे। नाव मछली की तरह तैर रही थी। भुरुकुवा आकाश पर अबोला मुग्ध होकर देख रहा था।

एक वन से दूसरे वन में से निकलते, प्रकृति की शोभा देखते, सरोवरों में नहाते, अग्निहोत्र यज्ञ करते पाण्डव पूर्णतया सन्तुष्ट थे। सबके तन पर ब्राह्मणों के वस्त्र थे। कुन्ती भी तापसी वेष में थी। पाण्डव मार्गों को पूरी तरह जीते कभी शीघ्रता से कभी धीरे से चलते। जहाँ भी भगवत्-भजन होता सुनते, शास्त्रों का मर्म समझते, उपनिषद की तहों तक जाते मार्ग व्यतीत कर ही रहे थे कि एक दिन मार्ग में ही उन्हें महर्षि व्यास के दर्शन हो गये। व्यासजी ने प्रसन्न होकर कहा, "मेरा ध्यान आप ही की तरफ़ था। महात्मा विदुर के आश्वासन के बाद भी जब आपको देखे बग़ैर न रह सका तब मार्ग छानने लगा। आज आपको पाकर बहुत प्रसन्न हूँ। अब आप मेरी बात मानकर एकचक्रा नगरी में चले जाइए। यह पास ही में है। वहाँ एक ब्राह्मण के घर मैं आपको पहुँचा दूँगा। कभी-कभी आने का सुयोग भी रहेगा।" फिर उन्होंने कुन्ती से कहा, "देवी, तुम्हारे पुत्र धैर्यवान हैं। ये निश्चय ही पृथ्वी को जीतकर उस पर शासन करेंगे। तुम्हारे और माद्री के पुत्र महारथी होंगे। अब चलो, मैं तुम सबको ब्राह्मण के घर ठहरा देता हूँ। एक माह बाद फिर आऊँगा।"

ब्राह्मण के घर रहकर पाण्डव महात्माओं की संगति में धर्मोपदेश सुनते और दिन में भिक्षाटन करते। अपने उत्तम गुणों के कारण पाण्डव सबके प्रिय हो गये। धैर्य के साथ कथा-वार्त्ता सुनते और सबके साथ मिलकर रहते।

प्रतिदिन वे भिक्षा लाकर माँ के पास आते। माँ नियम से भिक्षा के दो भाग करती, एक भाग भीम के लिए, दूसरे में से शेष चारों भाइयों और कौए, कुत्ते, गाय के लिए। और सब अन्न पाते। एकचक्रा नगरी में भिक्षा भी बड़ी उत्तम मिलती थी। इस प्रकार नियम से दिन निकल रहे थे। पाण्डवों को इस नियम में रहकर कभी स्मरण ही नहीं रहता था कि वे कौन हैं?

एक दिन जब सभी भाई भिक्षा के लिए जाने लगे थे तो भीम किसी कारणवश माँ के पास ठहर गये। उसी दिन ब्राह्मण के घर में बड़ी चिन्ताजनक बातें सुनाई पड़ने लगीं। कुन्ती का जी भर आया। उसने ब्राह्मण के घर जाकर इस चिन्ता का कारण पूछा तो मालूम हुआ–"यमुना तट पर दो कोस की दूरी पर एक बहुत बड़ी गुफा में एक नरभक्षी राक्षस रहता है। वह इस नगरी का पालक है। शत्रुओं से इस नगरी की सुरक्षा करता है। इस सुरक्षा के बदले कर के रूप में उसे हर दिन खाने

के लिए एक पशु, एक मनुष्य और भोजन देना पड़ता है। हर घर की बारी बँधी रहती है। यह बारी चाहे डेढ़-दो बरस के बाद आये, पर इसका धड़का हर रोज़ हर पल लगा रहता है। यह नगरी इसी त्रासदी में जी रही है। समय आते ही हर कोई अपने परिवार के लिए मर-मिटना चाहता है। हमारे घर में भी हर प्राणी मरने के लिए प्रस्तुत हो रहा है। यह विवाद उसी का परिणाम है। आज हमारा दुर्दिन है, बहन।"

कुन्ती ने कहा, "ब्राह्मण महोदय आप विषाद मत करें। मुझे एक उपाय सूझ रहा है। आप तो जानते ही हैं मेरे पाँच आज्ञाकारी पुत्र हैं। उनमें से यदि एक चला भी जाए तो कोई बात नहीं। उस पापी राक्षस को सामग्री पहुँचाने मेरा एक पुत्र चला जाएगा।"

ब्राह्मण ने कानों को हाथ लगाकर कहा, "देवी, यह कभी नहीं हो सकता। अपने घर में आये अतिथि का मैं अपनी रक्षा के लिए वध करवाऊँ, ऐसा पाप करके मैं जी नहीं सकता।"

कुन्ती ने कहा, "हम इतने समय से यहाँ रह रहे हैं, अब हम भी इसी परिवार के सदस्य हैं। हमें अतिथि मत कहिए। मैं आपका कष्ट बाँटना चाहती हूँ।"

ब्राह्मण ने कहा, "देवी, कष्ट तो आपने बाँट लिया। अब इस विषय में और बात नहीं होगी।"

कुन्ती ने सोचा अब इन्हें कुछ-न-कुछ बताना पड़ेगा। उसने कहा, "मेरा पुत्र बलवान है। उसने कई राक्षस मारे हैं। उसके पास राक्षसों को मारने के लिए एक मन्त्रशक्ति है पर यह बात आप किसी से नहीं कहेंगे। मेरा आपसे अनुरोध है कि मेरे पुत्र को राक्षस के पास जाने दीजिए।"

ब्राह्मण मन्त्रशक्ति की बात सुनकर मान गया। फिर कुन्ती ने युधिष्ठिर से सलाह करके भीम को बकासुर राक्षस के पास सामग्री लेकर भेज दिया।

भीम आज इतना भोजन पाकर ख़ूब प्रसन्न हुआ। उसने राक्षस की गुफा से थोड़ी दूर रुककर पहले भोजन किया। फिर घड़ा भरा दही पीना चाहता था कि बकासुर ने आकर उसे धक्का दिया। भीम ने एक हाथ से बकासुर को पकड़ा और दूसरे हाथ से सारा दही पी गया। खाली घड़ा उसके सिर पर फोड़कर पूछा, "क्या बात है, मेरे भोजन के समय तुमने मुझे इस तरह क्यों छेड़ा?"

बकासुर ने कहा, "यह मेरा इलाका है और यहाँ रोज़ मेरा भोजन आता है। तुम मेरा ही भोजन करके मुझ पर बिगड़ रहे हो?"

भीम ने कहा, "भोजन तो मैंने कर लिया। अब आओ दो हाथ भी कर लें।" राक्षस भीम पर झपटा तो भीम ने उसकी लँगोट पकड़कर उसके हाथ-पाँव मोड़कर मिला दिये। राक्षस की रीढ़ की हड्डी चटकने के साथ ही उसका क्रन्दन पूरी नगरी

ने सुना। राक्षस का शव घसीटकर भीम ने नगरी के द्वार पर रखा और घर चला गया।

लोगों ने बकासुर का शव देखकर सोचा ज़रूर किसी देवता ने इसे मारा है। ब्राह्मण की प्रसन्नता का ठिकाना न था। उन्हीं दिनों उसके घर एक बड़ा विद्वान ब्राह्मण आया, वो बड़ी सुन्दर कथाएँ कहता था। उस घर में ब्राह्मण द्वारा कथा कहने के समय पूरा घर लोगों से भर जाता था। पाण्डव भी नियम से कथा सुनने आते थे। कुन्ती के कहने पर उस पण्डित ने धौम्य पण्डित का पता देकर कहा कि आप इन्हें अपना पुरोहित नियुक्त करें। धौम्य पण्डित ही फिर उनके पुरोहित हुए।

उन्हीं दिनों द्रुपद की राजधानी में द्रौपदी के स्वयंवर का भी समाचार हर तरफ़ चर्चित था। हर कोई स्वयंवर देखने को उत्सुक था। पाण्डवों ने भी निश्चय किया कि हमें भी स्वयंवर में जाना चाहिए। व्यासजी के दर्शन भी उन्हीं दिनों हुए तो पाण्डवों ने उनसे अपने मन की मंशा कही। व्यासजी ने उन्हें आशीर्वाद देकर कहा, "द्रौपदी आप ही को मिलेगी। इसमें सन्देह नहीं है। आप स्वयंवर में अवश्य सम्मिलित हों।" व्यासजी की आज्ञा ही से पाण्डव नगर के एक कोने पर साफ़-सुथरे इलाके में कुम्हार के घर ठहरे। वहाँ आस-पास स्वयंवर देखने आये कितने ही लोग ठहरे हुए थे। उत्सव में पूरी नगरी डूबी हुई थी। नगरी की चहल-पहल हर दिशा में थी। शंख, तुरही, मंगलनिनाद, नगाड़े और लोगों के उत्साहित स्वरों से पूरी नगरी गूँज रही थी।

स्वयंवर के लिए बड़े भव्य और सुन्दर भवन का निर्माण हुआ था। उसके बाहर चारों तरफ़ राजकुमारों के रहने के लिए सजाये हुए कई भवन थे। जी को लुभानेवाले खेल-तमाशों, प्रदर्शनों एवं गन्धर्वों के गायन का भी प्रबन्ध था।

स्वयंवर मण्डप की छटा निराली थी। वहाँ मंच पर एक वृहदाकार धनुष रखा हुआ था। इस धनुष की डोरी फौलादी तारों से बनी थी। ऊपर काफ़ी ऊँचाई पर सोने की मछली टँगी हुई थी। उसके नीचे एक चमकदार यन्त्र बड़े वेग से घूम रहा था। राजा द्रुपद ने घोषणा की थी, "जो राजकुमार उस भारी धनुष को तानकर डोरी चढ़ाएगा और ऊपर घूमते हुए यन्त्र के मध्य में से तीर चलाकर ऊपर टँगे हुए निशाने को बींध देगा, उसी को द्रौपदी वरमाला पहनाएगी।"

इस स्वयंवर के लिए दूर-दूर के अनेक क्षत्रिय वीर आये हुए थे। मण्डप में सैकड़ों राजा इकट्ठे थे। इनमें धृतराष्ट्र के सौ बेटे, अंगनरेश कर्ण, श्रीकृष्ण, शिशुपाल, जरासन्ध आदि भी शामिल थे। दर्शकों की भी भारी भीड़ थी। एक सधा हुआ कोलाहल पूरे मण्डप में था, जिसमें कृष्णा कृष्णा की ध्वनि आ रही थी।

कौन पाएगा इस अमूल्य रत्न को। पूरी राजधानी दुल्हन की तरह सजी थी। अपने घर में रहने की इच्छा ही न होती थी। सब लोग बार-बार मण्डप का चक्कर लगाते और भी जो नया सुन्दर वहाँ घटता उसकी बात उत्साह से करते। राजा द्रुपद ने यह लक्ष्य बड़े सोच-विचार के बाद बनवाया था। उन्होंने सुना था कि पाण्डव किसी प्रकार बच निकले हैं। उन्होंने सोचा यदि पाण्डव ज़िन्दा हुए तो वे इस स्वयंवर में अवश्य आएँगे और और आये तो यह दुर्भेद्य लक्ष्य अर्जुन के अतिरिक्त कोई साध न पाएगा। द्रुपद द्रोणाचार्य की शत्रुता का विचार करके सदा चिन्तित ही रहा करते थे। इसलिए अपनी शक्ति बढ़ाने और द्रोण की शक्ति कम करने के विचार से पांचाल नरेश की इच्छा थी कि द्रौपदी का ब्याह अर्जुन से हो जाए ताकि उन्हें द्रोण की चिन्ता न रहे। स्वयंवर रचने का एक कारण यह भी था।

पौष मास की शुक्लपक्ष की एकादशी को रोहिणी नक्षत्र में स्वयंवर होना निश्चित हुआ। और यह तिथि कल ही है। सिर्फ़ आज की रात शेष है। कल भी निकलेगा सूर्य और कल ही किसी के गले में द्रौपदी जयमाला डालेगी।

अर्जुन का हृदय दही में घूमती मथानी के संग फिरते मक्खन के पेड़े की तरह गोल-गोल घूम रहा था। रात को जब पत्तों और पुआलों के नर्म बिछौने पर सबको नींद ने गोद में ले लिया तो अर्जुन जाग रहा था। सब तरफ़ शान्ति थी। अर्जुन ने बाहर आँगन के पिछवाड़े से आते बर्तन निकालने, टनकोर कर देखने और रखने के स्वर सुने। इस समय कुम्हार के सिवा कौन होगा। स्वयंवर में रंग किये सुन्दर बर्तन बिकने का भी सुयोग था। एक क्रम से बर्तन उठता, शायद फिरता, फिर हाथ में तौला जाता, टनकोरा जाता, फिर रख दिया जाता। जो बर्तन आवाज़ नहीं करता उसको अलग रखे जाने का स्वर आता।

ठक...टन...ठक...टन इन स्वरों के साथ जैसे अर्जुन का जागना भी अनिवार्य हो गया। धीरे-धीरे अतीत की चादर खुलने लगी। सलवटें सीधी होने लगीं और कई दृश्य उभरने लगे।

महात्मा विदुर वही करते हैं जो पिता होते तो करते। लाक्षागृह में यदि उन्हें सुरंग खोदने का विचार न आया होता तो हम कहाँ होते। उस दिन कैसे सुरंग से पत्थर हटाकर भीम ने हम चारों भाइयों को निकाला। कैसे माँ को कन्धे पर बिठाकर सुरंग पर पत्थर रखा और उसमें से कैसे निकले? माँ कुन्ती तो बेहोश थीं। एक बच्ची की तरह ही उन्हें भीम बाहर निकाल लाए। भीम को जैसे माँ के अतिरिक्त कुछ भी दिखाई न दे रहा था। माँ को पानी से भिगोना, पानी पिलाना, घास पर

लिटा देना—यह मल्ल योद्धा को कैसे-कैसे सूझा। यह तो सिर्फ़ माँ को अपने बच्चे के लिए सूझता है।

वह क्षण कैसा विकट था। उस समय लगता था पता नहीं कब समाप्त होगा। अब लगता है कभी था ही नहीं।

और वो क्षण भी आज कहाँ है। जब हम सब गुरु द्रोणाचार्य के साथ गंगा स्नान को गये थे। जल में गोता लगाते समय ग्राह ने द्रोणाचार्य का पाँव पकड़ लिया था। समर्थ होते हुए भी गुरु ने चिल्लाना शुरू कर दिया था, "मेरी रक्षा करो, मेरी रक्षा करो।" तब मैंने सिर्फ़ ग्राह को देखा और पाँच तीखे बाण चढ़ाकर उसके टुकड़े-टुकड़े कर दिये। कितने प्रसन्न हुए थे आचार्य। उन्होंने मुझे ब्रह्मशिर नामक अस्त्र भी प्रदान किया था।

और उस दिन जब रात का भोजन करते समय दीया बुझ गया था। सभी शिष्यों के हाथ भोजन की थाली पर रुक गये थे। सिर्फ़ मैं ही खाता रहा था। तब द्रोण ने लक्ष्य करके कहा था, "यह मेरा शिष्य अर्जुन मेरा नाम उज्ज्वल करेगा। यही अँधेरे में तीर चला सकेगा।"

अर्जुन ने मन में कहा, कल तीर तो रोशनी में ही चलकर लक्ष्यभेद करेगा। गुरु का आशीर्वाद चाहिए।

अर्जुन ने लक्ष्य किया। बरतनों का शोर बन्द हो गया है। रात चुप है। निद्रा की गोद में सोये हुए सभी चिन्तारहित हैं। मेरे सभी अपने मेरे ही पास हैं।

अर्जुन ने मुद्रा बदली। अपने दोनों हाथ सिर के पीछे रखे और सजग प्रहरी की मुद्रा में लेटकर उसे स्मरण हो आया। कैसे बचपन में ही उसे सब एक धनुर्धारी कहने लगे थे। मुझे कभी शर्म नहीं आयी। सिर्फ़ धनुर्धारी बनने का लोभ सिर उठाता रहा।

हाँ वह सब याद आ रहा है। जब राजकुमार भली-भाँति सुशिक्षित हो गये थे। तब गुरु द्रोण ने शिष्यों के अस्त्र ज्ञान की परीक्षा लेने का विचार किया। गुरु द्रोण ने कारीगरों से एक नकली गिद्ध बनवाकर वृक्ष की एक टहनी पर रखवा दिया। वो गिद्ध एकदम असली लगता था। गुरु द्रोण ने कहा, "तुम सब लोग धनुष लेकर उस पर बाण चढ़ाकर खड़े हो जाओ। मैं एक-एक को आज्ञा दूँगा। जो इस चिड़िया की आँख अपने बाण से बींध देगा वही विजयी होगा।"

द्रोणाचार्य ने युधिष्ठिर से आरम्भ करके सबसे बारी-बारी पूछा था, "तुम्हें क्या दिखाई दे रहा है।" प्रायः सभी ने कहा था, "गुरुदेव हमें आप, यह वृक्ष और वह चिड़िया—सभी कुछ दिखाई दे रहा है।" द्रोण ने सभी को झिड़क दिया। फिर अन्त में मुझसे पूछा था, "अर्जुन तुम्हें क्या दिखाई दे रहा है?" मैंने ध्यान से देखकर कहा था, "गुरुदेव, मुझे चिड़िया की आँख के सिवा कुछ नहीं दिखाई दे रहा है।" गुरु द्रोण ने प्रसन्न होकर बाण चलाने की आज्ञा दी थी और चिड़िया की आँख भूमि

पर आ गिरी थी। गुरु द्रोण ने मुझे गले से लगा लिया था।

पर आज यह सब क्यों स्मरण हो आया। मैंने तो कभी अपने-आप से भी ये बातें न कही थीं। अर्जुन ने बायीं करवट ली।

कैसी होगी द्रौपदी, कृष्णा? सुना है उसकी देह से निकलती सुगन्ध एक कोस तक रहती है। उसके बाल कमर के नीचे तक लहराते हैं। उसकी मदभरी आँखों पर दृष्टि नहीं ठहरती। वो मधुभाषिणी है। कृष्णा है। कृष्णा नाम सुन्दर है। फाल्गुन नाम भी सुन्दर है। फाल्गुन ही तो कभी-कभी कहती है माँ मुझे। बचपन का नाम। अर्जुन मुस्कराये। आँख लग गयी। फिर देखा—

एक वन है शायद। बहुत सुन्दर जलाशय। उस पर एक रंग-बिरंगी चिड़िया उड़ रही है। अचानक वो वन एक मार्ग हो गया है जो स्वयंवर के मण्डप की तरफ़ जाता है। अर्जुन ने देखा, सारे भाई शीघ्रता से मण्डप की ओर जा रहे हैं और आगे-आगे वही चिड़िया है। एक मोड़ पर वृक्ष की टहनी से टकराकर गिरी है। अर्जुन ने तुरन्त उसे उठा लिया है। फिर भीम अपनी चौड़ी हथेली पर पानी लेकर उसे पिला रहा है। चिड़िया के स्वस्थ होते ही भीम ने उसे युधिष्ठिर के हाथ में दे दिया है। एक हाथ से दूसरे हाथ में जाती हुई वो चिड़िया व्याकुल होकर अर्जुन को देखती है।

अर्जुन क्या करे?

पसीने से तरबतर अर्जुन उठ बैठता है। उसका मन धौंकनी-सा चल रहा है। वो साँस धीरे लेता है ताकि उसके भाई न जग जाएँ। और जग जाने पर पूछ न लें, तुम्हें क्या हुआ। इसका उत्तर कहाँ है। स्वस्थ होने में समय लग रहा है। जल होता तो अच्छा था। कहाँ है जल। अर्जुन उठकर बाहर गया। बाहर रेत के ऊँचे स्थान पर जल की भरी गगरियाँ रखी थीं। अर्जुन ने एक गगरी सिर पर उँड़ेली। भीगने से सुख मिला। दूसरी गगरी का भी सारा पानी अर्जुन ने पी लिया। अभी भी चिड़िया की कातर दृष्टि देह पर चिपकी थी। अर्जुन ने सोचा रात को किसी और को भी प्यास लग सकती है और जल पीना उचित नहीं है।

पर आज और किसे प्यास लगेगी।

भीतर आकर अर्जुन ने सोचा—अब सो जाऊँगा। सोने से पहले उसने अपनी बगल में खाली स्थान छोड़ा और उस पर हाथ रखकर सो गया। उसे लगा यौवन प्यास लेकर आ गया है।

अगले दिन सभी उत्साहपूर्वक उठकर स्नानादि से निवृत्त होकर तैयार हो गये। विदुर द्वारा भेजे गये और नये वस्त्र आ गये थे। उन्हें पहनकर सभी भव्य और तेजस्वी लग रहे थे। माँ ने सबको आशीर्वाद दिया। अर्जुन सबसे पीछे खड़े थे। माँ ने मुस्कराकर देखा। सिर पर हाथ रखा और कहा, "अर्जुन, मुझे बहू चाहिए। अपने फाल्गुन की बहू।"

इस घर में पहली बार कुन्ती के अतिरिक्त किसी और स्त्री की बात हुई थी।

राह मंगलनिनादों से भरी-भरी मनुष्यों को कन्धे से कन्धा रगड़ते देख रही थी। सब अपनी धुन में जा रहे थे। कोई किसी की तरफ़ नहीं देख रहा था। सबको एक ही स्थान पर पहुँचना था। सभी के पाँव शीघ्रता से उठ रहे थे। पथ पर मनुष्यों के अतिरिक्त रथ-घोड़े सब भाग रहे थे। इन मनुष्यों में ब्राह्मण तपस्वी उत्साहित युवक। सबके मन में एक ही कामना थी—कृष्णा को देखना। जो विराट नगरी के लोग थे उनके मन में अपनी राजकुमारी के स्वयंवर का उछाह तो था ही, उसके ससुराल जाने का वियोग भी था। राजकुमारी के रहने से राज्य कितना भरा-भरा लगता है। ससुराल जाएँगी तो कैसा लगेगा?

अर्जुन को रात्रि का स्वप्न स्मरण हो आया। उसने चारों तरफ़ देखना शुरू किया। न वैसा जलाशय कहीं था न ही रातवाली वो सुनहरी चिड़िया ही उड़ रही थी। अर्जुन की गति और तेज हो गयी। मानो शीघ्रता से जाकर ऊहापोह समाप्त हो जाएगी। भीम ने लक्ष्य किया और कहा, "ठीक है भाई, आप मछली की आँख फोड़ेंगे पर अभी उसमें समय है।"

अर्जुन मुस्कराकर भीम के साथ चलने लगे। मन में आत्मविश्वास भर उठा। अर्जुन के अतिरिक्त भला कौन उस दुर्भेद्य यन्त्र को तोड़ेगा।

मार्ग में सभी कृष्णा के रूप और गुणों का बखान कर रहे थे। जैसे कि उस पूरे उपवन में एक ही फूल था और वो था कृष्णा। चारों ओर उसी की धूम थी। अर्जुन मुग्ध होकर राह पर अग्रसर हो रहे थे। और कौन—और कौन? अर्जुन ही न।

अपनें मुँह को उसने ऊपर किया। सिर मानो आकाश छूने लगा।

हाँ अर्जुन ही।

गुरु द्रोण के आशीर्वाद फलने का दिन आज ही तो है। सबसे प्रिय शिष्य, सबसे कुशल शिष्य, सबसे बड़ा धनुर्धर अर्जुन।

एकलव्य!

हाँ एकलव्य भी तो था। अगर गुरु दक्षिणा में अपना अँगूठा गुरुदेव की भेंट न कर देता तो क्या कृष्णा के स्वयंवर में वो भी आ सकता था? नहीं-नहीं, निषाद का बेटा कैसे कुलीन राजकन्या के स्वयंवर में आ सकता है। पर राजा द्रुपद ने यह क्या किया। क्या उनके मन में कहीं अर्जुन था? क्या कुछ लोगों को सन्देह है कि हम अभी जीवित हैं। जरूर यह लक्ष्यभेद अर्जुन को ध्यान में रखकर रचा गया। क्या कृष्णा भी जानती होगी? अर्जुन को, मुझे।

अर्जुन की गति फिर तेज हो गयी। भीम ने देखा, पर अर्जुन ने ध्यान नहीं दिया। उसने सोचा, वही एक क्षण होगा, उसी क्षण पांचाली मेरी होगी।

अब स्वयंवर का मण्डप दृष्टिगोचर होने लगा था। आकाश छूता द्वार—रंग-बिरंगे

कपड़ों से सजा द्वार। उस पर स्वयंवर लिखा था। स्वर्ण की झालरें लटककर स्वयंवर की धज दुगनी कर रही थीं। सूर्य देवता मुस्कराते तो झालरें ठुमकने लगतीं। रथों, घोड़ों से उतरते धनुष की तरह सजे सीधे अकड़े हुए राजकुमार मण्डप से भीतर जा रहे थे। बाहर और भीतर का कोलाहल द्वार के बाद का स्थान बाँट रहा था। युधिष्ठिर ने बिना कहीं देखे ब्राह्मणोंवाले द्वार की तरफ़ जाना आरम्भ किया। ठिठके, सभी थोड़े से ठिठके। और फिर भीतर ब्राह्मणों की पंक्ति में पाँचों भाई बैठ गये। अर्जुन मध्य में। ठीक सामने मंच था, जहाँ स्वयंवर होना था।

सप्तखण्डवाले इस सुन्दर भवन के चारों तरफ़ उत्सव ही उत्सव था। हर व्यक्ति जैसे द्रौपदी को ही ब्याहने आया था। राजकुमार अपने-अपने स्थान से उछल-उछलकर उत्तरीय हिला रहे थे। मैत्री और सद्भाव से सब चीख रहे थे, पुकार रहे थे। हर कोई बार-बार द्वार की तरफ़ देख रहा था। कृष्णा के आने में अब कहाँ देर थी।

अचानक एक मनोहारिणी सुगन्ध का झोंका पूरे मण्डप में व्याप्त हो गया। सब उत्सुक होकर एक-दूसरे को प्रश्नातुर दृष्टि से देखने लगे। फिर सबकी दृष्टि द्वार की ओर लग गयी। कोलाहल इतना शान्त हो गया कि रथ के घोड़ों की टाप का स्वर एक लयात्मकता में बँधा हुआ सुनाई देने लगा।

टक...टक...टक...टक...

घोड़ों की टापों के साथ ही सब के हृदय की धड़कनें भी मानो सुनाई देने लगीं। फिर एक मद्धिम से शोर में विलीन हो गयीं। रथ आकर मुख्य द्वार पर रुक गया।

रथ से लगभग कूदकर धृष्टद्युम्न ने अपनी बहन का हाथ पकड़कर उसे रथ के नीचे उतारा। फिर दोनों द्वार की शोभा देखकर ठिठके और फिर धीरे-धीरे सभा-मण्डप में प्रवेश कर गये। द्रौपदी ने अपना परिधान हाथ से सँभाला हुआ था। आकर्षण से रक्तिम पड़े चरण जैसे उसके नूपुरों का स्वर सुन रहे थे। सुगन्धित हवा के झोंकों से पूरी सभा मग्न हो गयी। द्रौपदी के पीछे उसकी सखियों की टोली थी। सबसे आगे आती सखी के हाथ में बड़ा-सा थाल था, जिसमें वरमाला थी। वरमाला में से किरणें निकलकर वीरों के हृदय को और उमड़ने में सहायता कर रही थीं। किसके गले के लिए बनी है यह जयमाला? द्रौपदी अपने भाई के पीछे-पीछे जा रही थी। मन्द-मन्द मुस्कराती द्रौपदी की सखियाँ मोरनियों की तरह पीछे-पीछे मानो नाचती हुई आ रही थीं। पूरी सभा द्रौपदी के आते ही निःशब्द उठकर खड़ी हो गयी थी। द्रौपदी को उसके आसन पर धृष्टद्युम्न ने बिठाकर सभा में सबको अपना स्थान ग्रहण करने के लिए कहा। फिर दोनों हाथ जोड़कर नमस्कार किया। जब सब अपना-अपना स्थान ग्रहण कर चुके तब धृष्टद्युम्न ने पुनः हाथ जोड़कर कहा, "मण्डप में उपस्थित सभी वीर सुनें। यह धनुष-बाण हैं और सामने लक्ष्य है। जो रूपवान,

योद्धा, बली और कुलीन व्यक्ति घूमते हुए यन्त्र के बीच में से अधिक-से-अधिक पाँच बाण चलाकर लक्ष्यभेद करेगा उसे ही मेरी बहन कृष्णा वरमाला पहनाएगी।"

लोगों ने देखा।

धनुष के पास ऊपर ऊँचाई पर सोने की मछली टँगी थी। उसके नीचे एक चमकदार यन्त्र बड़े वेग से घूम रहा था। नीचे खौलते तेल का कड़ाह था। घूमते यन्त्र के मध्य से ही तीर चलाकर मछली की आँख फोड़ जो खौलते तेल के कड़ाह में लक्ष्य गिरा सकेगा, जयमाला उसी के गले में पड़ेगी।

सब लोगों ने मानों पहली बार लक्ष्य देखा। पूरी सभा में एक चुप्पी छा गयी।

मुख्य द्वार पर अचानक राजा द्रुपद का रथ आकर रुका। पूरी सभा में एक ध्वनि बिखर गयी। राजा द्रुपद मंच पर आकर अपने स्थल पर बैठ गये। अपनी पुत्री को वधूवेश में देखकर उनकी आँखें भर आयीं। द्रौपदी ने अपनी भीगी आँखें धरती पर केन्द्रित कर दीं।

धृष्टद्युम्न ने फिर हाथ जोड़कर कहा, "महाराज द्रुपद पधार चुके हैं। अब स्वयंवर की कार्यवाही शुरू होगी।"

धीरे-धीरे एक-के-बाद-एक राजकुमार उठते धनुष पर डोरी चढ़ाते, अपमानित होते और सिर झुकाकर अपने स्थान पर जाकर बैठ जाते। जरासन्ध, शिशुपाल, शल्य और दुर्योधन जैसे पराक्रमी राजकुमार भी असफल हो गये। कर्ण की बारी आयी तो सभा में एक लहर दौड़ गयी। सबने सोचा अंगनरेश अवश्य सफल होंगे। कर्ण ने धनुष उठाकर खड़ा किया। प्रत्यंचा भी तानकर चढ़ानी शुरू की पर धनुष का डण्डा ही हाथ से छूट गया और उछलकर उसके मुँह पर आ लगा। कर्ण अपनी चोट सहलाता अपने स्थान पर जा बैठा। इसके पश्चात् किसी ने भी धनुष को हाथ लगाने की हिम्मत न की।

जब और कोई राजकुमार न उठा तब राजा द्रुपद का चेहरा मलिन हो गया। उन्होंने दुःखी होकर कहा, "क्या धरती वीरों से खाली हो गयी है? या लक्ष्यभेद ही बड़ा कठिन है। हे भगवान्! क्या मेरी द्रौपदी कुँआरी ही रह जाएगी?"

अपने स्थान पर बैठी द्रौपदी का मुँह भी मलिन हो गया। उसने दुखी होकर सोचा क्या यह कठिन लक्ष्यभेद इसलिए है कि मेरा ब्याह ही न हो। यह लक्ष्यभेद अर्जुन कर सकता था। पर कहाँ है अर्जुन?

राजा द्रुपद भी मन में गर्दन हिलाकर सोच रहे थे। कहाँ है अर्जुन?

धृष्टद्युम्न कभी अपनी बहन को देखता, कभी पिता को, कभी उसकी दृष्टि सभा में घूम जाती। इस निराशा के कुहरे में से विद्युत की तरह ब्राह्मणों के बीच एक तरुण ब्राह्मण उठकर खड़ा हो गया। सभा में हलचल मच गयी। सभी उस तरफ़ देखने लगे। इस बात पर आश्चर्य भी व्यक्त करने लगे कि जहाँ ऐसे-ऐसे धनुर्धारी

पस्त हो गये यह ब्राह्मणकुमार क्या जीत पाएगा? क्या हो गया इसे? क्या एक ब्राह्मणकुमार भी इस स्वयंवर में शामिल हो सकता है?

परन्तु स्थिति इतनी ऊहापोह में थी कि इस बात का किसी ने कड़ा विरोध न किया। ब्राह्मण अपने उत्तरीय हिलाकर तथास्तु कहकर अर्जुन को आशीर्वाद देने लगे।

अर्जुन अपनी मस्त चाल और आत्मविश्वास भरे डगों से सिर आकाश में ऊँचा किये धनुष के समीप जाकर खड़ा हो गया। धनुष पर डोरी चढ़ाकर उसने तीर चढ़ाया। घूमते चक्र में से तीर ने मछली को बेधा और वह खौलते कड़ाह में आकर गिर गयी। यह इतनी शीघ्रता से हुआ कि आश्चर्यचकित सभा में लोगों को साँस लेने का भी समय न मिला। महाराजा द्रुपद का चेहरा चमक उठा। द्रौपदी के होठ मुस्कराहट में खिल गये। धृष्टद्युम्न ने सिर ऊँचा कर लिया। ब्राह्मण अपने उत्तरीय हिला-हिलाकर साधु...साधु... पुकार रहे थे। धृष्टद्युम्न ने अपनी बहन को स्नेह से देखा। द्रौपदी ने संकेत समझ लिया। उसने उठकर सकुचाते हुए थाल में से जयमाला लेकर अपने हाथ में सीधी की और अर्जुन के गले में डाल दी।

स्वयंवर हो गया। पूरे मण्डप में एक प्रसन्नता की बयार बह गयी। जिसमें विरोध के स्वर भी सुनाई पड़ रहे थे। किसी ने कहा, "ब्राह्मणों के लिए स्वयंवर की रीति नहीं होती। यदि इस कन्या को कोई भी राजकुमार पसन्द न था तो उसे चाहिए था वह कुँआरी रह जाती और चिता पर चढ़ जाती। ब्राह्मण की पत्नी बनने से तो यही अच्छा था।"

राजकुमारों का उत्साह बढ़ता जा रहा था। यह देखकर भीमसेन चुपके से बाहर गया। एक पेड़ को जड़ से उखाड़ा। उसे ऐसे झिंझोड़ा कि उसके सारे पत्ते झर गये। फिर उसे लाठी की तरह कन्धे पर रखकर अर्जुन की बगल में आकर खड़ा हो गया। अर्जुन की मृगछाला को थामे द्रौपदी खड़ी थी। उसने भीम को देखा तो उसकी आँखों में चमक भर उठी। महाराजा द्रुपद और धृष्टद्युम्न ने भी शान्ति का अनुभव किया।

श्रीकृष्ण और बलराम ने अर्जुन को पहचान लिया था। वे विप्लव करनेवाले राजकुमारों को समझाने लगे। उन्होंने कहा, "स्वयंवर की शर्त जीतकर जिसने द्रौपदी

को प्राप्त किया है उस पर कोई विचार नहीं होना चाहिए।" सभी लोग श्रीकृष्ण की बात सुनने लगे। इस बीच भीम, अर्जुन और द्रौपदी कुम्हार की कुटिया की ओर चल पड़े। धृष्टद्युम्न चुपके से उनके पीछे हो लिया।

अर्जुन के पीछे द्रौपदी परछाईं की तरह चल रही थी। उनके पीछे लट्ठधारी भीम चारों ओर चौकन्नी दृष्टि डालकर अकड़कर आकाश में गर्दन उठाये मस्त साँड़ की तरह चल रहा था, जैसे लक्ष्यभेद उसी ने किया हो। द्रौपदी की देह से आती सुगन्ध जैसे उसे मस्त साँड़ की तरह ही मग्न किये हुए थी। भीम यूँ कहता प्रतीत होता था—कौन है जो मेरी राह में आये! अर्जुन ने देखा और मुस्कराया। द्रौपदी एकदम साथ-साथ चल रही थी। अर्जुन ने कहा, "देवी, यह भीम मेरा बड़ा भाई ही नहीं, मित्र भी है। तुम्हें पाकर जितना प्रसन्न मैं हूँ, उतना ही यह भी है।"

द्रौपदी ने दृष्टि उठाकर अर्जुन को देखा। उसकी आँखों में प्रश्न था। द्रौपदी की प्रश्नाकुल आँखों को देखकर अर्जुन को भान हुआ कि वो क्या कह रहा है। अब छिपाना व्यर्थ है। द्रौपदी भी तो अब पाण्डव हो गयी है। और आनेवाले जीवन से इससे ज्यादा अपना और कौन होगा? अर्जुन ने मुस्कराकर बड़े गर्व से कहा, "देवी, हम पाण्डव हैं और मैं अर्जुन हूँ। हम छिपकर रह रहे हैं।"

द्रौपदी ने अर्जुन को देखकर सन्तोष से भगवान् का धन्यवाद करके कहा, "हम सबकी मनोकामना पूर्ण हुई।" द्रौपदी ने अर्जुन का उत्तरीय पकड़कर चैन की साँस ली।

खुशी से द्रौपदी काँप रही थी। क्या मैंने सचमुच अर्जुन को वरा है। उसने अर्जुन को देखा और नजर नीची करके कहा, "यह स्वप्न सत्य हो गया। इसका विश्वास नहीं होता।" अर्जुन ने बड़े स्नेह से उसका हाथ पकड़कर कहा, "मुझे हमेशा विश्वास था कृष्णा सिर्फ़ मेरी होगी। मैं बड़ा भाग्यशाली हूँ।"

भीम अचानक पीछे चलते-चलते उनके आगे हो लिया।

अर्जुन ने द्रौपदी से कहा, "देवी, मेरा यह भाई कहीं एकदम शिशु है। यह न होता तो हम भी न होते। यह हमारा रक्षक है, इसके बिना पाण्डव नहीं हैं।"

द्रौपदी अर्जुन को देख रही थी। उसके पाँव में कुछ चुभा तो अर्जुन ने कहा, "राह स्वच्छ होने पर भी कंकड़ हो सकते हैं देवी।"

द्रौपदी ने गर्दन झुका ली। नयी राह पर चलने का अभ्यास तो करना ही होगा।

भीम ने अकड़कर चलते हुए द्रौपदी की देह से आ रही सुगन्ध को परे हटाना चाहा पर वह और पास आकर लिपटती गयी। भीम ने सोचा, यह जो अद्वितीय सुन्दरी अर्जुन के पीछे-पीछे चल रही है इसका रक्षक तो मैं ही हूँ। हमारे घर आनेवाली यह दूसरी स्त्री है। माँ को भी जो भरोसा मुझ पर है वह किसी पर नहीं है। माँ को जब सुरंग से निकालकर ला रहा था तब यूँ ही आभास हो रहा था जैसे यह मेरी माँ नहीं बेटी है। भीम प्रसन्न हो गया। उसने सोचा आज माँ घर में एक और

स्त्री को पाकर कितनी प्रसन्न होगी। हम भिक्षाटन के लिए चले जाते हैं तो माँ अकेली हो जाती है अब द्रौपदी के संग बातें करेगी। माँ कितनी खुश होगी आज! माँ बहू को पाकर निहाल हो जाएगी। राजकुमारी द्रौपदी अब माँ की बहू होगी। भीम प्रसन्न हो गया। उसने सोचा हिडिम्बा के निवेदन पर जो मैंने उसे पुत्र प्रदान किया उससे माँ को क्या सुख मिला। मैं ही जान छुड़ाकर भागा, पर क्या हिडिम्बा राक्षसी होकर कभी मनुष्यों जैसा व्यवहार करती? फिर उसने सोचा–पाण्डवों को देखकर स्त्रियों का मोहित होना स्वाभाविक ही है। भीम चल रहा था, जैसे एक युग चल रहा था। अपने पीछे एक नयी सृष्टि की रचना होती वह कहाँ देखता?

द्रौपदी को यह बता देने के बाद कि मैं अर्जुन हूँ, अर्जुन भी अपनी प्रसन्नता छिपा नहीं पा रहा था। दोनों बार-बार एक-दूसरे को देखकर मुस्करा देते। द्रौपदी बार-बार लजा जाती। संगमरूपी इस राह पर दोनों के हृदय मिल रहे थे। पानी के बुलबुले इकट्ठे होते एकाकार होकर झूल जाते। पहले दो धाराएँ थीं–इसका कोई प्रमाण न मिलता।

राह में एक छोटा-सा नाला आया। भीम ने एक ही छलाँग में पार कर लिया। अर्जुन ने द्रौपदी की तरफ़ हाथ बढ़ाया। द्रौपदी ने दोनों हाथ बढ़ा दिये। अर्जुन ने उसे दोनों हाथों से उठाकर नाले के पास खड़ा कर दिया। द्रौपदी गर्व से भर उठी। अर्जुन के यह हाथ अब इस जगत्रूपी समुद्र से उसे पार उतार देंगे।

सुख से भर उठी द्रौपदी। विश्वास-अविश्वास में झूलता एक नाम अर्जुन। बचपन से ही कितनी बार सुना है अर्जुन, वही अर्जुन मुझे जीत लाया है। बचपन में तो सब कहते थे ऐसा कौन भाग्यशाली होगा जिसे द्रौपदी मिलेगी। भाग्यशाली तो द्रौपदी है जिसे अर्जुन मिला है। जब सबको पता चलेगा कि मुझे अर्जुन ने स्वयंवर में जीता है तो सभी मेरे भाग्य पर ईर्ष्या करेंगे।

इधर अर्जुन भी हवा में उड़ रहा था। उसे स्वयंवर का भव्य मण्डप स्मरण हो आया। इतने लोगों की दृष्टि सिर्फ कृष्णा पर थी। समस्त आकर्षण का केन्द्र कृष्णा अब सिर्फ़ मेरी होगी। मेरे जैसा भाग्यशाली कौन है?

अर्जुन ने बड़े स्नेह से द्रौपदी से कहा। सामने जहाँ से धुआँ-सा उठ रहा है, वहीं एक कुम्हार के घर हम ठहरे हैं देवी। द्रौपदी ने देखा। द्वार पर अपना लट्ठ रखकर भीम ठिठका। सामने युधिष्ठिर और नकुल, सहदेव हाथ-मुँह धोकर सुस्ता रहे थे। युधिष्ठिर ने कहा, "आ गये भीम, चलो माँ को बताएँ।"

भीम हाथ-मुँह धोने लगा तो अर्जुन भी द्रौपदी के संग आँगन में आ गया। द्रौपदी नये स्थान पर हिरणी की तरह चारों ओर देखने लगी। अर्जुन ने जल की गगरी से हाथ-पाँव धोकर द्रौपदी को जल दिया। "देवी आप भी हाथ-मुँह धो लें।"

युधिष्ठिर ने सोचा, माँ को एकदम चकित करूँ। उसने द्वार पर खड़े होकर कहा, "माँ, हम भिक्षा लेकर आये हैं।"

कहीं भीतर से ही आवाज़ आयी, "बेटा, सभी मिलकर बाँट लो।"

द्रौपदी ने भयातुर दृष्टि से अर्जुन को देखा। अर्जुन ने बड़े स्नेह से कहा, "देवी, माँ भिक्षा समझकर बाँटने को कह रही हैं, जब तुम्हें देखेंगी तो..."

द्रौपदी एकदम लाज में डूब गयी।

युधिष्ठिर ने सोचा—यह क्या घटा। मैं तो कभी मिथ्या नहीं बोलता। और माँ की आज्ञा ही मेरे लिए सर्वोपरि है। माँ ने बिना देखे यह क्या कह दिया? पत्नी पति को मजबूरी में बाँट सकती है पर क्या पत्नी कोई बाँटता है? क्या सर्वश्रेष्ठ धनुर्धारी अपनी पत्नी बाँटेगा। देव यह क्या हो गया?

द्रौपदी अर्जुन के साथ द्वार पर खड़ी हो गयी। युधिष्ठिर भीतर गये। माँ को लिवा लाए। कुन्ती द्वार पर खड़ी द्रौपदी को देखने लगी। क्या इसे ही मैंने बाँटने को कह दिया? क्या यही द्रौपदी है? कहीं मेरे पुत्रों का काल तो नहीं है यह। यह क्या किया मैंने?

"मिल-जुलकर बाँट लो," यह क्या कह दिया मैंने।

कुन्ती द्वार पर आकर ठिठक गयी। उसके पाँचों पुत्र द्रौपदी के साथ खड़े थे। जैसे पाँच योगियों के बीच मशाल जल रही हो। कुन्ती स्तब्ध हुई। यह क्या कह दिया मैंने? यह कैसे हो गया? अब क्या करूँ? शब्द और तीर तो वापस नहीं आते। यह अग्निशिखा क्या मेरा घर फूँक देगी?

माँ को चुप देखकर युधिष्ठिर ने कहा, "माँ यह द्रौपदी है। स्वयंवर में अर्जुन ने लक्ष्यभेद करके पाया है इसे। तुम्हारे वचन के अनुसार..." शब्द पूरे न होने दिये, कुन्ती ने फिर कहा, "नहीं युधिष्ठिर यह भिक्षा नहीं है। राजकन्या है, राजकन्याएँ बँटती नहीं। यह मेरे घर में रोशनी करेगी और सबको जोड़ेगी।"

युधिष्ठिर सोच में पड़ गया। उसने कहा, "माँ, तुम्हारा कहा मिथ्या नहीं हो सकता। तुम्हारी आज्ञा ही धर्म है। कोई-न-कोई राह ढूँढ़ निकालनी होगी।"

कुन्ती ने द्रौपदी का हाथ पकड़ा। भीतर ले जाते हुए बोली, "राजकन्या, आओ भीतर आओ। मैं अर्जुन की माँ तुम्हारा स्वागत करती हूँ। आओ कृष्णा, मेरा घर आलोकित करो।"

सकुचाते हुए द्रौपदी भीतर जाने लगी। देहरी लाँघते समय उसने अर्जुन का उत्तरीय थाम लिया। अर्जुन तटस्थ रहे। कुन्ती ने देखा एक आह भरकर सोचा—'मेरी जाई तो नहीं है। मेरा भाग्य क्यों लायी है। चोला बदलने में बड़ा कष्ट होगा।'

बड़े सम्मान और प्यार से कुन्ती द्रौपदी को भीतर लिवा ले गयी। एक ऊँचे स्थान पर पत्तों और कुशा का आसन लगा था, वहीं द्रौपदी को बिठाकर कुन्ती ने उसकी आरती उतारी। तभी कोलाहल हुआ और कृष्ण ने बलराम के साथ भीतर पदार्पण किया। पाण्डवों ने उनका स्वागत किया। दोनों यदुवीरों ने अपनी बुआ कुन्ती के चरण स्पर्श किये और कहने लगे, "हमें तो स्वयंवर मण्डप में ही मालूम हो गया

था। द्रौपदी की सुगन्ध के पीछे-पीछे यहाँ आ पहुँचे। मन कितना प्रसन्न हुआ। विलम्ब सहना कठिन था।"

युधिष्ठिर ने कहा, "हम तो सोच रहे थे कोई पहचान नहीं पाएगा।"

कृष्ण ने कहा, "ऐसा विकट लक्ष्यभेद क्या अर्जुन के अतिरिक्त कोई और भी कर सकता है? अग्नि भी कहीं राख के ढेर में छिप सकती है। रंग छिप भी जाए पर आँच कैसे छिपेगी। मैं तो प्रसन्नता के मारे अर्जुन को वहीं पर गले लगा लेता। पर दुर्योधन भी वहीं था। उस प्रसन्नता के अवसर पर मैं नहीं चाहता था उसे पता चले कि पाण्डव बच निकले हैं। आपको देखकर आँखें जुड़ा गयीं। अब हमें भी जाने की आज्ञा दीजिए। कुछ देर हमें वहाँ न पाकर किसी को भी सन्देह हो सकता है। आज ही कई राजा वापस चले गये हैं। कल सुबह तक तो सभी चले जाएँगे। बुआ कुन्ती, आप बड़ी भाग्यशाली हैं। कृष्णा जैसी बहू हर किसी के घर की चौखट पर दीया जलाने नहीं आती।"

कुन्ती ने कहा, "चिरंजीव होइए। भगवान् की इच्छा हुई तो इसी बहू के आने से हमारा भाग्य पलट जाएगा।"

उनके जाने के बाद कुन्ती ने अन्न के भाग किये। द्रौपदी के आगे भी केले का पत्ता बिछा दिया गया। सब भोजन करने लगे। द्रौपदी ने सोचा, आज तक भोजन इतना स्वादिष्ट तो न होता था। धरती पर कितने स्वर्ग हैं।

अर्जुन आदि खाकर गये तो द्रौपदी संस्कारवश सबकी पत्तलें उठाकर बाहर फेंकने चली। कुन्ती ने हाथ पकड़कर कहा, "शुभे, आज नहीं। यह काम रोज सहदेव करता है।"

उस बहुत बड़े घर में कुशा और पत्तों की सुखदायी सेज पर सोकर द्रौपदी ने अनुभव किया कि राजमहल के ऊपर भी राजमहल है जिसमें तृप्ति का अनुभव अनूठा है। राजमहल से कुम्हार की कोठरी में सहजता अधिक है, यहाँ आडम्बर नहीं है। द्रौपदी को राजमहल के बाहर यह पहला अनुभव बड़ा सुखद लगा।

राजकुमार धृष्टद्युम्न यह जान लेने के बाद कि द्रौपदी को स्वयंवर में अर्जुन ने जीता है, तुरन्त राजप्रासाद गया और एक ही साँस में सारा वृत्तान्त सुना दिया। राजा द्रुपद

ने यह समाचार जानकर सुख की साँस ली। फिर अचानक बेटे को गले से लगाकर रो पड़े। धृष्टद्युम्न भी रोने लगा। दोनों ने सुख से एक-दूसरे को देखकर कहा, "आज द्रौपदी परायी हो गयी।"

द्रुपद ने कहा, "यह समाचार तुरन्त अपनी माँ को सुना आओ। उसके महल के दीये जग रहे हैं। ससुराल जाती बेटी की माँ के मन की तह तक कौन पहुँच पाएगा। जाओ, कल प्रातः पुरोहित को बुलाकर पाण्डवों का कुलगोत्र दिखाकर शुभ लग्न भी निकलवाना होगा। स्वयंवर के तुरन्त बाद ही विवाह भी हो जाना चाहिए।"

द्रौपदी की माँ अपने महल में शीघ्रता से आ-जा रही थी। उसने जैसे ही अपने पुत्र के पैरों की आहट सुनी जाकर उसके गले लगकर बोली, "कहाँ है, मेरी द्रौपदी?"

"माँ तुम्हारा जामाता अर्जुन है। अर्जुन ने ही लक्ष्यभेद किया है।"

"कहाँ है द्रौपदी?"

"वह यहीं एक कुम्हार के घर में ठहरे हैं। वहीं तक मैं जाकर सारा पता कर आया हूँ। जैसे ही देवी कुन्ती उसे भीतर ले गयीं मैं भागा-भागा यह समाचार सुनाने आ गया।"

द्रौपदी की माँ की रुलाई फूट पड़ी। उसने कहा, "जाओ बेटी, पति का घर ही अपना घर है। सुखी रहो मेरी बेटी। भगवान् ने अर्जुन तेरे लिए ही रखा था।" उसने पुत्र से पूछा, "क्या कुम्हार के घर पर ही रहेगी मेरी सुता?"

"माँ पिताजी की आज्ञा है। प्रातः जाकर सबको लिवा लाऊँगा।"

माँ के मन में ढाढस बँधा।

सूरज उगते ही रथ में बैठकर धृष्टद्युम्न मगन होकर बहन को लेने चला। पाण्डव अग्निहोत्र कर रहे थे। द्रौपदी भी कुन्ती के साथ खड़ी थी। देखकर धृष्टद्युम्न की आँखें जुड़ा गयीं।

धृष्टद्युम्न भी हाथ जोड़कर बहन के साथ जाकर खड़ा हो गया। पूर्णाहुति के समय कुन्ती ने नारियल धृष्टद्युम्न के हाथ में देकर कहा, "लो बेटे इस घर के पहले सम्बन्धी हो। आज पूर्णाहुति तुम्हारे हाथ से हो।"

धृष्टद्युम्न ने तृप्त होकर कहा, "मैं द्रुपदपुत्र धृष्टद्युम्न पिता की आज्ञा से आपको लेने के लिए आया हूँ। हमारा अहोभाग्य है जो हमारा सम्बन्ध पाण्डवों के साथ हुआ। अब घर चलिए।"

सभी रथ पर सवार हुए तो द्रौपदी ने कुम्हार की चौखट को प्रणाम करके कहा, "यहाँ जो सुख पाया वही सुख मुझे हमेशा मिले।" उसे लगा कमलिनी एक सरोवर से निकलकर दूसरे सरोवर में पहुँच गयी थी। अब सरोवरों में ही रहने का भाग्य खुल गया है।

राजमहल में पाण्डवों का यथोचित स्वागत हुआ। सबको एक-एक महल में ठहरा दिया गया। जब सब मिलकर बैठे तो राजा द्रुपद ने युधिष्ठिर से कहा, "आप

अर्जुन को आज्ञा दें। विवाह का मुहूर्त आज ही का निकला है।"

युधिष्ठिर सोच में थे। उन्होंने कहा, "महाराज, विवाह तो अभी मेरा भी नहीं हुआ। माता कुन्ती की आज्ञानुसार द्रौपदी हम सबकी पत्नी होगी।"

राजा द्रुपद ने कहा, "एक पति के तो बहुत-सी स्त्रियाँ हो सकती हैं पर एक स्त्री के पाँच पति कैसे हो सकते हैं? यह धर्म के विपरीत है। द्रौपदी को लक्ष्यभेद में सिर्फ़ अर्जुन ने जीता है।"

युधिष्ठिर ने कहा, "धर्म की कई तरह से व्याख्या हो सकती है। इस समय उसकी बात रहने दें। इस समय सबसे बड़ा धर्म माँ की आज्ञा का पालन है। और उसकी अवहेलना पाण्डुपुत्र नहीं कर सकते।"

राजा द्रुपद असमंजस में पड़ गये। क्या कहें? ऐसी बात तो उन्होंने सोची न थी। तभी वहाँ महर्षि वेदव्यास का आगमन हुआ। उनके स्वागत अभ्यर्थना के बाद राजा द्रुपद ने वेदव्यास से प्रश्न किया, "भगवन्, एक स्त्री अनेक पुरुषों की धर्मपत्नी कैसे हो सकती है? यह तो अधर्म है।"

व्यासजी ने राजा द्रुपद को एकान्त में ले जाकर कहा, "मुझे यह विदित था, इसीलिए मैं यहाँ आया हूँ। पिछले जन्म में द्रौपदी ने भगवान् शंकर से वरदानस्वरूप पाँच बार पति माँगा था। उसे पाँच गुणोंवाला एक पति न देकर शिव ने पाँच पतियों का वरदान दिया है। अब आप इस बात को बढ़ायें नहीं।"

राजा द्रुपद निरुत्तर हो गये। अब कहने को क्या बचा था? फिर भी चिन्ता उनका पीछा न छोड़ रही थी। उन्हें द्रौपदी की चिन्ता थी। अपूर्व सुन्दरी पुत्री बुद्धिमती भी थी और राजा द्रुपद ने उसे कभी भी पुत्र से कम नहीं समझा था। पता नहीं, देव को क्या मंजूर है?

जिसके बारे में ये सब निर्णय लिये जा रहे थे, वही द्रौपदी अपने महल के एकान्त कोने में बैठी सोच में डूबी थी। अन्यमनस्क-सी शून्य में देखती भाग्य का लेखा-जोखा कर रही थी।

कैसी विडम्बना है, न तो कोई अर्जुन को पूछता है जिसने लक्ष्यभेद करके मुझे जीता है न ही कोई मुझे पूछता है। क्या मैं सचमुच भिक्षा हो गयी हूँ। क्या भिक्षा किसी की भी झोली में डाल दी जा सकती है। अपने बारे में मैं निर्णय लेने का अधिकार खो चुकी हूँ। क्या मेरी इच्छा का कोई महत्त्व नहीं है? मेरे अपने पिता भी इस मर्म को क्यों नहीं समझते? स्वयंवर जितना विराट् सत्य क्या मिथ्या हो जाएगा। भिक्षा...भिक्षा... द्रौपदी ने सोचा. राजकुमारी होकर मैं भिखारिन हो जाऊँगी क्या? यही नियति है क्या?

और अर्जुन...

इतने पराक्रम से लक्ष्यभेद करके स्वयंवर जीतकर क्या बँटने को छोड़ देंगे मुझे? क्या कुछ नहीं कहेंगे वो? मैं तो उन्हीं की होकर कुम्हार के घर पैदल जाकर

रह आयी। उनके साथ तो मैं खुले आकाश के नीचे भी रह सकती हूँ। पति के संग स्त्री झोंपड़ी में भी रहे तो राजमहल होता है। पता नहीं, भाग्य में झोंपड़ी है या महल। अर्जुन का साथ हो तो झोंपड़ी भी महल है।

द्रौपदी ने ऊहापोह में एक गहरा निःश्वास लिया, फिर अपने-आप से कहा, "नहीं, पाँच पतियों की पत्नी बनकर रहना सम्भव नहीं है। लक्ष्यभेद के बाद जब मैंने वरमाला अर्जुन के गले में डाली तब मैं और किसी की नहीं रह गयी। अर्जुन से पूरा ब्रह्माण्ड भर गया। इस पृथ्वी पर अर्जुन के अतिरिक्त और कोई नहीं है। अर्जुन ही मेरा सर्वस्व है। वही मेरे इस नये जीवन का आरम्भ है, वही अन्त है। वही मेरे इस ब्याह का चाव होगा। यह अन्याय नहीं होना चाहिए। पिताश्री से कहकर यह अनुचित मैं न होने दूँगी।"

माँ कुन्ती ने जब बाँटने को कहा था, तब उनके मस्तिष्क में भीख थी, राजकुमारी द्रौपदी नहीं थी। नहीं तो वह ऐसा अनुचित कदापि न कहतीं।

नहीं ऐसा नहीं होगा।

धीरे-धीरे किसी के कदमों की पदचाप द्रौपदी के कक्ष तक आ गयी। चौंककर खड़ी हो गयी द्रौपदी। उसने देखा उसके पिता महाराज द्रुपद उसके कक्ष में आ गये हैं।

उन्हें देखते ही उलझन में फँसी द्रौपदी घायल गौरैया की तरह पिता के सीने से जा लगी। महाराजा द्रुपद कन्या की दुविधा जानकर उसके सिर पर थपकी देते हुए बोले, "कल्याणी, महर्षि व्यास आये हैं। उन्होंने ही बताया कि पिछले जन्म में तुमने शिव से वरदान माँगा था। उसी के अनुसार पाँचों पाण्डवों से ब्याह करना होगा।"

द्रौपदी दुःख से बोली, "पिताश्री क्या कह रहे हैं आप!"

राजा द्रुपद ने कहा, "तुम नकार सकती हो। यह निर्णय तुम्हारा है। परन्तु विधि को कौन टाल सका है। इस क्षण लिया गया निर्णय तुम्हारे पूरे जीवन को कुहरे से ढँक दे सकता है। पर... निर्णय तुम्हीं ले सकती हो पुत्री। मैं क्या कहूँ? महर्षि व्यास से तुम्हारे पूर्वजन्म का वृत्तान्त सुनकर मैं तो कुछ नहीं कह सकता।"

द्रौपदी के हृदय में क्रोध का एक बवण्डर उठा। उसने अपने दोनों हाथों की मुट्ठियाँ कसकर भींच लीं। पाँचों उँगलियाँ इकट्ठी होकर लाल सुर्ख़ हो गयीं। उनमें लाल लहू भी इकट्ठा हो गया। द्रौपदी ने अपनी हथेली की तरफ़ देखा। उसे लगा ये पाँच उँगलियाँ पाँच पाण्डव हैं। जैसे इन्हें पृथक् नहीं किया जा सकता, वैसे ही पाण्डवों को भी पृथक् करना असम्भव है। पर क्या सभी से ब्याह करूँ? क्या लक्ष्य सभी ने भेदा है। यह कहाँ फँस गयी मैं? पिता अपना परामर्श नहीं देंगे तो निर्णय अकेले ही लेना पड़ेगा। पर पाँच पुरुषों से ब्याह करके मैं सुखी रह पाऊँगी। पाँच पुरुषों की पत्नी बनने का कभी स्वप्न में भी विचार नहीं किया। नहीं, मैं यह ब्याह

नहीं करूँगी। यह मेरे मन के अनुकूल नहीं। उसने अपने पिता को देखा—पिता सामने आकाश की तरफ़ देख रहे थे। उनकी सिकुड़ी हुई आँखें तरल थीं। क्या करे द्रौपदी? उसे अर्जुन का ध्यान आया। क्या इस सुन्दर पुरुष के बिना मैं पूरा जीवन काट सकूँगी? प्रथम दृष्टि में ही मैंने अपना सम्पूर्ण व्यक्तित्व इसमें लीन कर दिया। यदि पाँचों पाण्डवों से ब्याह नहीं किया, तब अर्जुन से भी ब्याह न होगा और अर्जुन से ब्याह न हुआ तो द्रौपदी मरण को ही वरण करेगी। उस मरण से यह मरण कहीं अधिक दुःखदायी है? वहाँ अर्जुन भी होगा, उसे देख तो सकूँगी। मेरा पति तो अर्जुन ही है। दो दिन में ही मेरे हृदय के कपाट उनके लिए पूरे खुल गये हैं। इसके भीतर जब तक अर्जुनरूपी भँवरा न आये कपाट खुले रहेंगे। ब्याह तो करना ही पड़ेगा। अर्जुन के लिए यह कर पाना कठिन नहीं। हाँ, मैं यह ब्याह करूँगी। मरण को तो कभी भी वर सकती हूँ, परन्तु यह निर्णय तो अभी लेना पड़ेगा। प्रेम में लोग इतने असहाय क्यों हो जाते हैं? नकारने पर मैं अर्जुन को खोना नहीं चाहती। अर्जुन में पूर्णतया समर्पित द्रौपदी सभी भाइयों के संग उनकी पत्नी बनकर रह लेगी। तुम्हारा लोभ मेरे रोम-रोम में बस गया है। किसी मूल्य पर भी तुम्हें नहीं छोड़ सकती।...

पिता द्रुपद अपनी पुत्री के बदलते भाव देख रहे थे। दो दिन में ही बेटी का बचपन चला गया है। किस दुविधा में डाल दिया प्रभो!

द्रौपदी अचानक घूमी। उसने एकदम शान्त होकर पिता से कहा, "मैं ब्याह के लिए प्रस्तुत हूँ पिताश्री।" पिता ने पुत्री को देर तक देखा। फिर एक आह भरकर चले गये।

द्रौपदी उसी स्थान पर खड़ी रह गयी जहाँ उसने ब्याह करने का निर्णय लिया था। पिता के जाते ही उसने सिर ऊँचा किया। फिर जैसे शून्य में कहा, "यदि एक बार मिल जाए अर्जुन तो उसी से पूछूँ—क्या मैं सच ही भिक्षा हूँ? अगर भिक्षा ही थी तो सिर्फ़ तुम्हारी ही गोदी में क्यों नहीं गिरी।"

भिक्षा शब्द पर राजकुमारी फफक-फफककर रो पड़ी। आँखों से अविरल धाराएँ बहने लगीं। मन में द्वन्द्व चलने लगा।

मैंने पिता से कह दिया, "मैं पाँचों पाण्डवों से ब्याह करूँगी। पर यह होगा कैसे? युधिष्ठिर अर्जुन के बड़े भाई हैं। क्या वो भी मेरे पति होंगे? नकुल, सहदेव भी मेरे पति होंगे क्या? क्या मैं अपने पति के छोटे भाइयों की भाभी न हो सकूँगी, उनकी भी पत्नी? और भीम—पूरे परिवार का रक्षक भीम? हे भगवान क्या करूँ? क्या यह जन्म इसी तरह जाएगा? क्या भाग्य दिया? क्या करना चाहिए? नहीं जानती। अर्जुन मेरे जीवन के आँगन में चाँद की तरह चमके, यही चाहती हूँ तो फिर कुछ तारे भी होंगे। मेरी देह को यन्त्र होना पड़ेगा। मन तो यन्त्र नहीं हो सकता। क्या अर्जुन यह बात नहीं जानते? यदि जानते हैं तो क्यों नहीं कुछ कहते। अर्जुन कुछ कहो न। कहो, तुम अपनी पत्नी नहीं बाँटोगे। कहो अर्जुन तुम्हारा मौन

मुझे साँस नहीं लेने दे रहा। साँस घुटने से मरूँगी तो नहीं पर कष्ट होता है अर्जुन। यन्त्र बनने से पहले एक बार पूछना चाहती हूँ। कहो अर्जुन, कुछ तो कहो। नहीं कहना चाहते तो सुनो, उत्तर दो अर्जुन। मुझे तुम्हारे मन की थाह चाहिए।"

रोते-रोते द्रौपदी का भर्राया स्वर ऊँचा हो गया। जैसे उसने आसमान से प्रश्न किया।

क्या इसीलिए स्वयंवर में जीता था? बाँटने के लिए। क्या इतना भी नहीं जानते कि पति की सेज भरी होने पर भी उसमें हमेशा दूसरी स्त्री का स्थान रहता सुना गया है। पर स्त्री की सेज पर पति के बाद कोई स्थान नहीं रहता। भर जाती है वो। भर जाती है सेज भर जाती है पत्नी। मैं क्या करूँ अर्जुन, मुझे बता दो! मेरा बल तुम हो! प्रेम ही बल है, पर यह बल देता तो प्रेमी ही है न।

तुम्हारा उत्तरीय थामे मैं कैसे चल रही थी। पूर्ण सुहागिन बनकर। एक ही क्षण में बदल गयी थी मेरी दुनिया, जिसकी हर राह तुम तक पहुँचती थी। राह में तुमने मुड़कर देखा तो लगा तुम मुझे आँखों में बिठाकर आकाश में लेकर उड़ रहे हो।

फिर मुझे धरती पर किसने लाकर पटक दिया अर्जुन!

सच कहो अर्जुन, क्या माँ कुन्ती के कहने से ही मैं बँट रही हूँ या मेरा रूप देखकर तुम्हारे भाई संयम में नहीं रह सके? नहीं सहन कर सके? सिर्फ़ तुम्हारे पास सौन्दर्य की यह अतुल सम्पदा रहे। और मेरा मन, उसमें किसी ने नहीं झाँका।

अपने आँसू पोंछकर द्रौपदी ने फिर कहा—हाँ, स्त्री का सबसे बड़ा मित्र रूप ही है। सबसे बड़ा शत्रु भी वही है। अगर मैं रूपवान न होती तो तुम्हारे भाई मुझे बाँटने की कल्पना भी न करते।

मैं क्या करूँ अर्जुन! मुझे बताओ मैं क्या करूँ? क्या सबकी पत्नी बनने पर भी तुम मुझे वैसे ही प्रेम से देख पाओगे जैसे तुमने मुझे राह में मुड़कर देखा था? कर पाओगे इस देह से वैसे ही प्रेम जैसे प्रेमी प्रेमिका की देह से करता है? क्या सहवास में तुम्हारे बड़े भाइयों द्वारा मेरी देह पर छोड़े गये चिह्न तुम्हें मुझे प्रेम करने देंगे। कर सकोगे मुझे प्रेम?

क्या करूँ? यह एक क्षण मेरे जीवन का निर्णय लेगा। अर्जुन, तुम्हारे सामीप्य के लिए यह विवाह करना ही होगा। हाँ-हाँ—कर सकती हूँ मैं अस्वीकार। कौन मुझे ब्याह करने को बाध्य कर सकता है? पर क्या फिर तुम्हें देख पाऊँगी। नहीं न? इसीलिए इस घर में रहूँगी। सबसे ब्याह होगा। सबकी पत्नी होऊँगी मैं। पर तुम्हारी प्रेमिका रहूँगी अर्जुन। रहना ही पड़ेगा नहीं तो तुम्हें कहाँ देखूँगी?

हाँ यही निर्णय है मेरा। पाँचों पाण्डवों की पत्नी बनूँगी। अर्जुन की प्रेमिका।

द्रौपदी ने रोना बन्द किया। आँचल से मुँह पोंछा और तनकर खड़ी हो गयी।

मन का सारा कलुष मिट गया।

'अर्जुन तुम्हें पाये बिना यह जगत् कुछ नहीं है। हाँ, मैं तुम्हारी पत्नी कृष्णा तुम्हारे सभी भाइयों से शादी करूँगी। यही शर्त है तो यही सही। दाँव पर लगने को तैयार है द्रौपदी। भगवान् शंकर भी प्रसन्न हो लें। शंकर विष को पीते रहे अमृत समझकर, मैं अमृत को विष मान लूँगी।'

द्रौपदी की प्रिय परिचारिका और सखी ने भीतर प्रवेश करके द्रौपदी का एक नया रूप देखा। कुछ समझ न पायी। फिर बोली, "क्यों सखी, मुझे भी संग ले चलोगी या नहीं?"

"हाँ, सान्त्वना तुम्हें न ले जाकर मैं क्या करूँगी? क्या कभी मैं तुम्हारे बिना रहती हूँ।"

सान्त्वना ने देखा—द्रौपदी एक ही स्थान पर देख रही है। उसे भय भी हुआ। लाल आँखें आँसुओं की चुगली खा रही थीं। उसने पूछा, "देवी आँखें क्यों लाल हैं?"

द्रौपदी ने उसके प्रश्न को सुने बग़ैर धीरे-से कहा, "सान्त्वना, क्या ब्याह से पहले अर्जुन से एक प्रश्न पूछने का सुयोग मिल सकता है?"

सान्त्वना सोच में पड़ गयी। फिर उसकी आँखों की लौ ऊँची हुई और वह बोली—"देवी, यह कठिन काम सहज हो सकता है। जब मैं भोजन के उपरान्त पाण्डवों के हाथ धुलवाऊँगी तब अर्जुन के हाथ धुलवाने आप आ जाना। कपड़े के पर्दे का प्रबन्ध करवा लूँगी। प्रश्न पूछने में कोई कठिनाई न आएगी।"

द्रौपदी का चेहरा सामान्य हुआ। फिर उस पर मुस्कराहट आयी, जैसे समाधान मिल गया हो। उसने प्रशंसा से सान्त्वना को देखा, फिर प्यार से कहा, "सान्त्वना, बलिहारी है तुम्हारी बुद्धि। पर मुझे यह कैसे नहीं सूझा? मेरे पति तो अर्जुन ही हैं। उनकी आज्ञा का सिरा पकड़कर ही तो मैं यह संसार सागर पार करूँगी। सान्त्वना, तुम मेरी सखी भी हो, सगी भी हो।"

सान्त्वना में साहस का संचार हुआ। उसने कहा, "देवी सुन रही हूँ। आपका ब्याह पाँचों भाइयों से होगा। यह कैसा अत्याचार है।"

द्रौपदी ने अपनी आँखें मींचीं। कुछ क्षुब्ध भी हुई फिर क्रोध को पीकर बोली, "उत्तेजित मत हो सान्त्वना। पाण्डव हिमालय के उस प्रदेश से आते है जहाँ बहुपति प्रथा है।"

"देवी व्यर्थ के तर्क मत दो। वो प्रथा वहाँ आर्थिक कारणों से दरिद्रता से है। राजकुमारी द्रौपदी के लिए ऐसी कोई समस्या नहीं हो सकती।"

द्रौपदी ने फिर यत्न किया।

"सान्त्वना, बड़े भाई का विवाह न होने पर पहले छोटा भाई विवाह नहीं कर सकता। इसी कारण युधिष्ठिर का विवाह पहले होगा।"

"देवी, क्या भीम युधिष्ठिर के भाई नहीं हैं। क्या उनका पहले हिडिम्बा से

ब्याह नहीं हो चुका। क्या हिडिम्बा से किसी और भाई का भी ब्याह हुआ? तुम्हें समझ क्यों नहीं आ रहा? इस सामूहिक ब्याह का कारण है तुम्हारा अनिन्द्य सुन्दरी होना—तुम्हारा यह रूप। युधिष्ठिर बड़े विचारवान हैं। उनका अपना मन भी तुम्हारे रूप के मोह में फँस गया है, नहीं तो धर्मराज युधिष्ठिर ऐसा अन्याय होने देते? सिर्फ़ माँ के कहने से तुम भिक्षा नहीं हो जातीं। मेरी सखी, तुम बाँटने की वस्तु नहीं हो।"

यह कहकर सान्त्वना रोने लगी। उसे फिर क्रोध हो आया। उसने कहा, "सिर्फ़ एक ब्याह के लोभ के कारण तुम्हें ये पाँच पाण्डव सहने होंगे। यह सहज नहीं है देवी। अभी भी समय है। सोचो। महारानी रो-रोकर भगवान् से गुहार कर रही हैं, मैं भी दुःखी हूँ। अर्जुन—अर्जुन में क्या लाल जड़े हैं, जो तुम उसके लिए पाँच पुरुषों की पत्नी बनोगी! क्षमा करना देवी, यह बात मेरी समझ से परे है।"

"सान्त्वना शान्त हो जा। अपना भविष्य मुझे साफ़ नज़र आ रहा है। अर्जुन के बिना यह जीवन अधूरा है। अर्जुन के साथ रहने के लिए मुझे इन सबके साथ रहना होगा। यदि मैं इस ब्याह से मना कर दूँ तो अर्जुन को कभी देख न पाऊँगी। जब से होश सँभाला है अर्जुन का नाम सुना है। हमेशा उसके प्रति मन में कुछ कोमल उग आता रहा। आज जब उसने मुझे स्वयंवर में जीत लिया है, मैं उसी की होकर रहूँगी। उसके साथ रहने के लिए सभी पाण्डव सहने होंगे। यही होगा सखी! सान्त्वना, मैंने सुना था इसी उम्र में लड़कियों को प्रेम हो जाता है। मुझे भी हो गया है प्रेम। मैं अर्जुन के बिछोह में मरूँगी नहीं, जियूँगी। अब अन्यथा नहीं हो सकता। पिताजी को मैंने हाँ कह दी है। यह इतना बड़ा देहयज्ञ तुम्हारे बिना न कर पाऊँगी। सान्त्वना, मुझे तुमसे बल चाहिए निर्बलता नहीं। मेरी अच्छी सान्त्वना।"

"मैंने भी जब से होश सँभाला है, तुम्हें ही देखा है। तुम्हारे साथ ही मेरा संसार घूमता है। जो तुम कहो वही करना मेरा धर्म भी है और इच्छा भी। पर एक बात कहे देती हूँ, मैंने अगर कभी ब्याह किया तो प्रेम नहीं करूँगी। प्रेम में यदि तिरस्कार भी है तो मुझे ऐसा प्रेम नहीं चाहिए।"

द्रौपदी प्रातः से घिरी बदली की तरह घुमड़ रही थी। सान्त्वना की यह बात सुनकर हँस पड़ी जैसे सूरज उग आया हो, जैसे किसी गरीब के घर में कोई छप्पर फाड़कर धन गिरा गया हो, जैसे कोई बच्चा नींद से जागा हो।

सान्त्वना को थोड़ी खीझ भी हुई। कैसे हँस सकती हैं राजकुमारी? इतनी विकट घड़ी है। महाराज जब पुत्री के कक्ष से निकलकर आये थे तब कैसे अनमने हो रहे थे। महारानी भी बड़ी दुखी हैं। और जिसके लिए ये काले बादल घुमड़ रहे हैं वो धूप की तरह खिली जा रही है। सान्त्वना ने देखा, राजकुमारी उसी की तरफ़ देख रही थी। उसने कहा, "राजकुमारी कैसे हँस सकती हो तुम, मैं तो सोच भी नहीं सकती। एक पुरुष के लिए तुम कितना अत्याचार सहोगी। क्या प्रेम में ऐसा

ही होता है?"

राजकुमारी ने गम्भीर होकर कहा, "यदि ऐसा ही है तो भी उसे प्रसन्नता से क्यों न लूँ? यही मेरी नियति है सान्त्वना। मुझे अपना भविष्य साफ़ नजर आ रहा है। कष्ट सिर्फ़ इस बात का है कि इतने बरसों से सँजोया यह यौवन, यह कौमार्य यह चाव मुझे पहले युधिष्ठिर को अर्पण करना पड़ेगा। सान्त्वना, मैं अपना सब अछूता, निर्मल, सुन्दर, कुँआरा अर्जुन को ही देना चाहती हूँ। सान्त्वना, कभी-कभी राजकन्या किसी भिखारी से भी तुच्छ हो जाती है। मेरी दुविधा का अन्त नहीं है। जिसका छोर पकड़ा है, जिसने विकट लक्ष्यभेद कर मुझे जीता है वह मेरा अर्जुन कहाँ है सान्त्वना! अपनी पहली प्रेमभरी दृष्टि तो मैंने उसी को अर्पित की।"

सान्त्वना ने सोचा—राजकुमारी से कुछ भी कहने का लाभ नहीं है। उसने जाते-जाते कहा, "देवी, भोजन के उपरान्त हाथ धोनेवाले स्थान पर पर्दे लगवाकर सब प्रबन्ध हो जाएगा। अर्जुन के हाथ तुम धुलवाना और जो पूछना हो पूछ लेना। मैं जाती हूँ। पाकशाला में भी देखना होगा।"

अर्जुन से बात करने का जब पूरा प्रबन्ध हो गया, तब द्रौपदी ने सोचा—कहीं अर्जुन अपमानित तो न होगा। मन-ही-मन मैं जानती हूँ, इस मामले में वह भी असहाय है। माँ और गुरुजनों की उपेक्षा वह कभी न करेगा। फिर भी मेरे मन में जो दावानल जल रहा है वह उसी के लिए है, यह तो उसे मालूम होना ही चाहिए। मैं इतना कठिन उसी के लिए करने को तत्पर हुई हूँ।

सान्त्वना ने एकदम प्रवेश करते हुए कहा, "देवी, मुझे भी तुमने दुविधा में फँसा दिया है और कुछ सोच ही नहीं सकती। पर्दे लगवाकर ऐसा प्रबन्ध कर आयी हूँ कि किसी को कानोंकान ख़बर न होगी कि तुमने अर्जुन से बात की है। पाकशाला का प्रबन्ध भी जाँच आयी हूँ। अर्जुन अपने भाइयों के साथ तैयार होकर अस्त्रशाला देखने गये हैं। देवी तुम भी किसके लिए भावुक हो रही हो। क्या यह सूक्ष्म बात अर्जुन को बिना कहे समझ में आएगी कि तुमने पाँच पाण्डवों की पत्नी होना सिर्फ़ उसके सान्निध्य के लिए स्वीकारा है। मैं अन्तिम बार कहूँगी, कृष्णा, मेरी बहन मेरी सखी—तुमसे प्रिय मेरा कोई नहीं है, यह सम्बन्ध नकार दो। एक पति को झेलना कठिन होता है। तुम पाँच पतियों को कैसे झेलोगी।"

"मेरी सान्त्वना, जब कभी इस जन्म में तुम्हें किसी से प्रेम होगा तब मैं तुमसे पूछ लूँगी। तुम्हारे प्रश्न का उत्तर भी तब ही दे सकूँगी। अभी तुम्हारी समझ में न आएगा! अच्छा बताओ, भोजन के लिए कब जाना होगा?"

"भगवान् मेरी सखी का शुभ करना। इसकी मति मारी गयी है।" सान्त्वना ने यह कहा और चली गयी।

युधिष्ठिर और भीम भोजनोपरान्त हाथ धोकर बाहर निकले तो अर्जुन ने हाथ

आगे कर दिये। सान्त्वना ने द्रौपदी को इशारा किया। द्रौपदी अर्जुन के हाथ धुला रही थी। अर्जुन जैसे वहाँ न था। हाथ धोकर उसने हाथ पोंछने के लिए हाथ बढ़ाया तो द्रौपदी ने अपने आँचल का छोर उसके हाथ में थमा दिया। अर्जुन ने आकुल-व्याकुल आँखों से द्रौपदी को देखा तो धक से रह गया। दोनों के हाथों में एक ही आँचल काँप रहा था। द्रौपदी ने अपना सारा प्रश्न एक ही बार कर दिया, "मुझे बाँटने के लिए जीता था क्या?" अर्जुन के हाथ से आँचल का छोर छूट गया।

उसने कहा, "कल्याणी, मेरे वश में कुछ नहीं है। मैं यहाँ असहाय हूँ। माँ की आज्ञा और गुरुजनों की सम्मति ने मेरे हाथ बाँध दिये हैं। ऐसा क्षण कभी भी मेरे जीवन में नहीं आया। हाँ, यदि तुम चाहो तो मना कर सकती हो।" द्रौपदी उसे टकटकी बाँधकर देख रही थी। उसने सोचा, यही क्षण है जब बता दूँ नहीं तो फिर बताने का समय होगा या नहीं कौन जाने?

"मना तो कभी भी कर सकती हूँ पर मना करके क्या तुम्हें फिर देख पाऊँगी? मैंने अपने इस जीवन में तुम्हारे अतिरिक्त कभी किसी पुरुष के बारे में नहीं सोचा।"

अर्जुन ने कहा, "तुम्हारा कल्याण हो देवी।"

यह कहकर वह गीले हाथों के साथ ही बाहर निकल गया। द्रौपदी उसके साथ लिपटी हवा को जाते देख भीतर चली गयी। नकुल और फिर सहदेव हाथ धुलवाने आये तो सान्त्वना खड़ी थी।

द्रौपदी अपने कक्ष में जाकर शय्या पर लुढ़क गयी। अब उसे अर्जुन के असहाय होने का दुःख हो रहा था। उसने मन-ही-मन सोचा—द्रौपदी भूल जा तन को, याद रख मन को! मन जो अब अपने वश में नहीं रहा, तन की क्या कहूँ?

एक आह भरकर द्रौपदी ने कहा, "कितना घमण्ड था इस रूप पर? सोचती थी—सारी उम्र पति को रिझा सकूँगी। कौन होगा द्रौपदी-जैसा? इस चौराहे पर खड़ी होगी द्रौपदी, क्या विधाता जानते थे? सान्त्वना सच कहती है, इसी रूप के कारण सब हुआ है। सबकी मोहित आँख इसी रूप पर पड़ी। अर्जुन अब तो जान जाएगा। मेरा यह सौन्दर्य सिर्फ़ उसके लिए है, मेरा मन दास हो गया है।"... द्रौपदी करवटें बदलने लगी। उसे ख़याल आया—ये गणिकाएँ जिन्हें सब घृणा करते हैं, वे कैसे-कैसे घृणित पुरुषों को अपनी देह सौंपती होंगी। पता नहीं किस हृदय के कपाट बन्द करके किस मस्तिष्क का द्वार खुला रखती होंगी। कैसे जहाँ मन न माने, देह सौंपी जा सकती है। ओह द्रौपदी! भाग्य ने तुम्हें कहाँ ले जाकर पटका है? कितने कुलीन घरानों की स्त्रियाँ गणिकाओं से पति को रिझाने के नुस्खे पूछती हैं। तब स्त्री को गणिका से घृणा नहीं होती। पति को रिझाना ही जैसे स्त्री का एकमात्र काम है। अर्जुन अब तो जान गये होंगे। मैं क्यों यह कठिन काम कर रही हूँ? क्यों प्रेम हुआ अर्जुन से? क्या अर्जुन भी मुझे प्रेम कर पाएँगे? पत्नी तो मैं उन्हीं की हूँ। हृदय

पर कर्तव्यों की शिला रखकर समय के प्रवाह में बहने को प्रस्तुत हूँ।...

शुभ लग्न में पाण्डवों के पुरोहित धौम्य ने आकर अपना आसन सँभाला। सजी हुई वेदी वन्दनवारों से झिलमिला रही थी। सबसे पहले पण्डितजी ने मन्त्रोच्चार के बीच युधिष्ठिर और द्रौपदी का पाणिग्रहण करवाया। फिर अन्य भाइयों से विवाह हुआ। अर्जुन भाँवरें लेते समय मानों नींद में चल रहे हों। द्रौपदी ने सोचा सब ही तो मिल गया।

कुन्ती ने पुत्रवधू को सहस्रों आशीर्वाद देकर कहा, "भगवान् की कृपा से मेरे पुत्रों की महारानी बनकर पूरी पृथ्वी पर अपने पुत्रों सहित राज्य करो।"

ब्याह के पश्चात् अर्जुन एकदम गुमसुम होकर पाँचों भाइयों में ऐसे बैठे रहते, जैसे वहाँ हों ही नहीं। कर्तव्य की बलिवेदी पर जैसे उनके सारे चाव चढ़ चुके थे। द्रौपदी जब भी उपस्थित होती, अर्जुन और मौन हो जाते। द्रौपदी मन-ही-मन हँसती और अर्जुन को देख-देखकर प्रसन्न होती।

इतनी बड़ी घटना घट जाती और भला नारदजी कैसे नारायण को लेकर नहीं आते! नारदजी ने आकर पाण्डवों को न सिर्फ़ आशीर्वाद ही दिया बल्कि उन्होंने कहा, "स्त्री को लेकर जैसे तिलोत्तमा को लेकर सुन्द उपसुन्द भाइयों का आपस में लड़ना और मारा जाना हुआ, उसे देखते हुए पाण्डवों को द्रौपदी के विषय में कुछ नियम निर्धारित करने चाहिए।" सभी पाण्डवों ने नारद मुनि की आज्ञानुसार हर पाण्डव के घर द्रौपदी का एक-एक वर्ष रहना तय पाया। एक नियम और रखा। यदि एकान्त में किसी भाई को दूसरा कभी द्रौपदी के संग देख ले तो वो बारह बरस तक वनवास में रहकर ब्रह्मचर्य का पालन करे। ऐसे नियम निर्धारित करके नारदजी प्रसन्न होकर 'नारायण...नारायण...' कहते कहीं और चले गये।

अन्यमनस्क से अर्जुन को अब एकान्त अच्छा लगने लगा। अपना महल, अपना कक्ष, लेकिन अपनी शय्या पर उसकी नींद उड़ गयी थी।

आज भी ऐसा ही हुआ। नींद न आने पर अर्जुन बाहर वाटिका में पड़ी एक प्राकृतिक शिला पर जा बैठे। यह उनकी ससुराल की वाटिका थी। हर प्रकार की सुख-सुविधा के साथ एकान्त भी उपलब्ध था। रात ठिठकी हुई थी। आसमान उसे

घूर रहा था। अर्जुन वातावरण में रमने लगा। उसने देखा, युधिष्ठिर के महल से हल्की पीली-सी रोशनी काँपती हुई तालाब में उतर रही थी। अर्जुन ने एक कंकड़ी तालाब में डाली। उसमें भँवर पड़ने लगे। भँवरों में एक शय्या पर द्रौपदी के संग युधिष्ठिर भी थे। अर्जुन ने आँखें बन्द कर लीं।

बड़े भाई के साथ उनकी पत्नी को देखना—यह पाप है। उसके बारे में सोचना और भी बड़ा पाप है। नारदजी इसीलिए हम सबको नियमों में बाँध गये हैं। यह द्रौपदी जो सिर्फ़ मेरी कृष्णा होती—मेरी पत्नी, जिसे मैंने स्वयंवर में पाया, पता नहीं मेरे बारे में क्या-क्या सोचती होगी। नहीं कल्याणी, मैं तुम्हारे बारे में नहीं सोचूँगा। हम सब बँध गये हैं—नियमों में समय में बाँटने में। हर किसी का अपना क्षण है। मैं तुम्हारे बारे में नहीं सोचूँगा। तुम्हारे बारे में सोचते ही उस दारुण त्रासदी का आभास हो जाता है जो मुझे सारी उम्र भोगनी है।

धीरे-धीरे अर्जुन उठकर अपने महल में आ गया। मन-ही-मन सोचा—भगवान् तुमने मुझे इतना सुख दिया। इतना बड़ा धनुर्धर बनाया, मगर संग में मुझे हर समय कुरेदनेवाली यह त्रासदी भी दे दी। पूरी आयु इसे उँगली से लगाकर चलाना होगा। अभी तो राह ही पकड़ी है।... अर्जुन ने अपने दोनों हाथ सिर के पीछे ले जाकर तकिया-सा बनाया। आँखें बन्द कर लीं। अब उसे कुछ दिखाई नहीं दे रहा था।

युधिष्ठिर ने अपने कक्ष में करवट बदली। उसे लगा—द्रौपदी सामने दीवार की तरफ़ आँखें खोले कुछ देख रही है। हल्की-सी रोशनी में उन्हें भी कुछ हिलता-सा लगा। उन्होंने आँखें मलकर देखा। महल के बाहर जलाशय की हिलती परछाईं दीवार पर मचल रही थी। युधिष्ठिर ने अपना हाथ द्रौपदी की तरफ़ बढ़ाया। हाथ सामने दीवार पर भी दिखाई देने लगा। हाथ खींचकर युधिष्ठिर ने बड़े स्नेह से कहा, "देवी, नींद क्यों नहीं आ रही। आप तो अपने ही महल में हैं।"

द्रौपदी ने अलसाये स्वर में कहा, "महल तो अपना ही है। पर एकदम नया। लगता है इस महल की दीवारें भी बदल गयी हैं। कुछ अपना नहीं लगता।"

"सो जाइए देवी। समाचार है, कल ही महात्मा विदुर हमें लेने के लिए आ जाएँगे। महाराजा धृतराष्ट्र की आज्ञा से वो हमें लिवा ले जाएँगे। फिर आप अपने राज्य में महारानी के पद पर सुशोभित होंगी। आपके शुभ आगमन से हम भी अपने घर जाएँगे।"

द्रौपदी ने कहा, "आर्य, यह सत्य है। अपने मायके में मुझे ब्याह हो जाने का आभास नहीं हो रहा। वहाँ जाने पर ही ससुराल का अर्थ समझ पाऊँगी।"

युधिष्ठिर ने प्रसन्न होकर कहा, "आपका स्वागत करने के लिए सारा हस्तिनापुर उमड़ आएगा। इतनी सुन्दर गुणवान और प्रतापी बहू हस्तिनापुर में पहली बार आ रही है।"

द्रौपदी को संकोच हुआ। उसने कहा, "धन्यवाद आर्य। यदि कभी मैं अपने

कर्तव्य का पालन ठीक से न कर पाऊँ तो मुझे गुरु की तरह सीख दीजिएगा। मैं अपने-आपको धन्य समझूँगी। स्त्री का धर्म सभी को ख़ुश रखना है। उसी यत्न में यदि सफल हुई तो भगवान् का बड़ा आशीर्वाद मानूँगी।"

युधिष्ठिर ने कहा, "देवी ऐसा ही होगा।"

दीवार पर हिलती जलाशय की परछाईं जैसे तड़प रही थी। उस पर से उड़ता हुआ एक पंछी चीत्कार करता हुआ निकला। द्रौपदी ने सोचा क्या इसका साथी शाम को घर नहीं लौटा या यही घर का रास्ता भूल गया है।...

युधिष्ठिर सो गये हैं। द्रौपदी ने देखा—जैसे कोई देवता स्वप्न देख रहा हो। युधिष्ठिर-जैसे पुरुष इस धरती पर कितने हैं?

मुझे भी सो जाना चाहिए? क्या अर्जुन सो पाया होगा? आँख बन्द करने पर भी वही क्यों दिखाई देता है? क्या यह पाप है?

द्रौपदी को नींद आ गयी। नींद के साथ ही सपना भी तिरता चला आया। कितना बड़ा जलाशय, जैसे समुद्र का एक कोना हो। उसके किनारे वंशी डाले धैर्य से जो बैठा है वही अर्जुन है। वही होगा। और किस व्यक्ति में इतना धैर्य है।...

पता नहीं कब तक सोती रही द्रौपदी। कब युधिष्ठिर चले गये। कब सूर्य ने धरती की चौखट पर माथा टेका। कब जग गयी द्रौपदी। सामने सान्त्वना खड़ी थी।

"उठो सखी, सूर्य घर में पदार्पण कर रहा है। तुम्हारी आँखें अभी भी गुड़हल के फूल की तरह लाल हैं! क्या आर्यपुत्र ने रात-भर सोने नहीं दिया।"

दुष्टता से मुस्करायी सान्त्वना। द्रौपदी शर्म से लाल न हुई। उसने उठते हुए अँगड़ाई ली और कहा, "ब्याह हो जाने के बाद भी मायके में प्रातः उठना कैसा तो लग रहा है। आज दिन कभी भी चढ़े, क्या अन्तर पड़ता है।"

सान्त्वना बोली, "क्यों सखी, ऐसे क्यों कह रही हो?"

द्रौपदी ने कहा, "और आर्य युधिष्ठिर, उनके जैसे व्यक्ति धरती पर क्या और भी हैं?" ब्याह के बाद ससुराल में प्रातः हो तभी ब्याह लगता है।"

"तो अर्जुन को भूल गयीं।"

"अपने-आप को कोई भूलता नहीं है सान्त्वना। जैसी मैं हूँ वैसा ही अर्जुन है। बाक़ी सब उसके कारण है। पर तुम यह नहीं समझोगी। चलो स्नानागार में मेरे वस्त्र चुन दो।"

सान्त्वना ने कहा, "सखि, पाण्डव बड़े प्रसन्न हैं। आचार्य द्रोण और भीष्म पितामह की आज्ञानुसार महात्मा विदुर आप सबको लेने आ रहे हैं। महारानी कुन्ती कह रही थीं, मेरी कृष्णा के आने से तो हमारा भाग्य ही चमक उठा है।"

"सुना तो मैंने भी है। पर मन में एक सन्देह भी उठ रहा है। वहाँ जाना उचित होगा या अनुचित। यह निर्णय कर पाना कठिन है।"

"महाराज धृतराष्ट्र का निमन्त्रण अस्वीकार भी तो नहीं किया जा सकता।"

द्रौपदी मानो उसे सुन ही नहीं रही थी। उसने जैसे अपने-आपसे प्रश्न किया। "सान्त्वना, क्या रात-भर जलाशय का जल काँपता रहा?"

"देवी, आप क्या कह रही हैं। यदि सूखे पत्ते जल में गिरकर हवा को जगा देंगे तो काँपेगा नहीं।"

"तेरी बुद्धि की बलिहारी है। सान्त्वना सुनो, मैं आज हरे रंग के वस्त्र पहनूँगी।"

"जो आज्ञा देवी।"

प्रातः अर्जुन को महल में घुसते भीम ने देख लिया। बुद्धि तो उसकी बाँहों के बल में रहती है। उसने छोटा भाई मानकर बड़े स्नेह से कहा, "अर्जुन, प्रातःकालीन टहलना बड़ा लाभकारी है। मैं अखाड़े में ज़रा जोर लगाने गया था। मैंने सोचा देखूँ इनके पहलवान कैसे हैं? मुझे देखकर सबने बड़ा आदर किया।"

फिर भीम हँसे, "अर्जुन मैं भूल ही गया था। मैं ससुराल में हूँ। सभी पहलवान मेरी मालिश करने को उत्सुक थे। इतने बरसों बाद आज आनन्द आ गया। देखो तो बाँहों की मछलियाँ चमक उठी हैं। कल फिर जाऊँगा। पर क्या तुम बहुत दूर निकल गये थे। मैंने तो तुम्हें कहीं नहीं देखा।"

"हाँ, भीम, बहुत दूर निकल गया था। बड़ा सुन्दर प्रदेश है। प्रकृति की सम्पदा का भण्डार खुला पड़ा है। प्रकृति हमेशा लुटाती है।"

"अर्जुन, हस्तिनापुर भी कितना सुन्दर है। उसके वन, अखाड़ा और मल्लयुद्ध जैसे स्वप्न ही हो गये हैं।"

"आपके स्वप्न सच होने जा रहे हैं। अभी सुनकर आ रहा हूँ महात्मा विदुर हमें लेने आ रहे हैं। महाराज धृतराष्ट्र की आज्ञा है।"

भीम ने कहा, "तो क्या कल अखाड़े में जाना न होगा? फिर कहीं हस्तिनापुर में कोई बखेड़ा खड़ा हो गया तो इस बात की चिन्ता नहीं है भैया को? अब तो द्रौपदी भी हमारे साथ हैं।"

अर्जुन ने कहा, "यह निर्णय भैया पर छोड़ दो। उनकी आज्ञा जहाँ होगी चल देंगे।"

"हाँ, ठीक है। यही ठीक है।"

अर्जुन ने मन में सोचा, जैसे यह अन्यथा कर पाएगा मेरा भोला भाई!

अर्जुन की आँखें पूरी रात जागने से कितनी लाल हो गयी हैं। भीम ने यह लक्ष्य नहीं किया। उसने सोचा नहा-धोकर आये तो कुछ अल्पाहार हो जाए।

द्रौपदी तैयार होकर सास कुन्ती के कक्ष में चरणस्पर्श करने गयी। कुन्ती ने द्रौपदी की चिबुक उठाकर उसे छाती से लगा लिया।

द्रौपदी का चेहरा अति सुन्दर था। उसका चेहरा किसी नयी वधू का चेहरा नहीं, किसी कन्या का ही दिखाई पड़ता था। कुन्ती को स्मरण हुआ। देवर्षि नारद

ने द्रौपदी को कोई ऐसी यौगिक क्रिया बतायी थी जिसके आचरण से वह प्रतिदिन अक्षत कन्या हो जाती थी। कुन्ती बड़े स्नेह और लाड़ से बहू को निहार रही थी। उसने उसे पास बिठाते हुए कहा, "कृष्णा, लगता है तुम्हें पाते ही हमारी भटकन समाप्त हो गयी है। सुनती हूँ महाराज धृतराष्ट्र की आज्ञा से महात्मा विदुर हमें आज ही हस्तिनापुर ले जाने के लिए आ रहे हैं। तुम्हारा आना हम सबके लिए बड़ा शुभ है। अगर वे अपने मन का कलुष मिटाकर हमें ले जाएँगे तो हम भी अपने मन में कोई मैल न रखेंगे। तुम्हारा आना हमारे लिए नया सवेरा लेकर आया है। तुम सुखी रहो। मेरे सभी पुत्र तुमसे प्रसन्न रहें। सदा सुहागिन रहो–यही मेरा आशीर्वाद है!"

महात्मा विदुर का रथ जब राजा द्रुपद की राजधानी में प्रविष्ट हुआ तब लोगों ने जान लिया कि अब हमारी राजकुमारी ससुराल चली जाएगी।

द्रुपद की राजधानी में महात्मा विदुर का समुचित आदर हुआ। द्रुपद अपने महल में उन्हें लिवा ले गये। सभी पाण्डवों के मुँह अपने पितातुल्य चाचा को देखकर चमक रहे थे। महात्मा विदुर उन्हें देखकर अति प्रसन्न हुए। विदुर पाण्डवों और द्रौपदी के लिए तथा राजा द्रुपद के लिए बहुत-से उपहार लेकर आये थे। उन्होंने द्रुपद से कहा, "महाराज धृतराष्ट्र ने अपने पुत्रों और मन्त्रिमण्डल के सहित कुशलमंगल पूछा है। अब आप पाण्डवों को हस्तिनापुर भेजने की तैयारी कीजिए। वहाँ नववधू द्रौपदी को देखने के लिए सभी लालायित हैं।"

द्रौपदी ने सुना तो उसे एकदम आभास हुआ–विदा की वेला द्वार खटखटा रही है। कितनी शीघ्रता से भाग रहा है समय, पीछे घिसट रही हूँ मैं। उसने अपने कक्ष में आकर अपनी प्यारी मैना को सोने के पिंजरे से निकाल उसका सिर चूमा और द्वार से आकाश में उड़ा दिया। मैना उड़ने की अभ्यस्त न थी। सामने पीपल की टहनी पर जा बैठी। वहीं से चिल्लाने लगी–'कृष्णा, कृष्णा, कृष्णा, जाओ, जाओ'। द्रौपदी की आँखें भर आयीं। उसने मैना को रोहिणी नाम दिया था।

"जाओ रोहिणी, तुम स्वतन्त्र हो। पिंजरे में तो अब मैं बन्द हो जाऊँगी। फिर तुम्हारी ही तरह उड़ना भूल जाऊँगी। अगर मेरे पिंजरे का द्वार खुला भी रहा तो भी उसमें पाँच ताले लटके होंगे और मैं द्वार तक भी न जा पाऊँ, कौन जाने! द्वार पाँच भी हुए तो भी पाँच द्वारों पर मेरे पाँच पति होंगे। द्रौपदी बिंध गयी। गाण्डीव के तीरों से।"...

द्रौपदी पिंजरे से सिर जोड़े हुलक-हुलककर रोने लगी। पता नहीं कितनी देर रोती रही। मैना अब सान्त्वना को पुकारकर गाली दे रही थी। यह गालियाँ सान्त्वना ने ही उसे सिखायी थीं। सुनकर भी द्रौपदी की हँसी न निकल सकी। उसे अपने कन्धे पर एक स्नेहिल परिचित हाथ का आभास हुआ और स्वर सुनाई दिया।

"रोहिणी की गाली भी नहीं सुन पा रही हो सखी! इसे किस दोष से मुक्त

किया? मेरी तरह अब यह भी तुम्हारी डाल के अलावा और कहीं नहीं बैठेगी।"

दोनों सखियाँ गले लगकर रोने लगीं। सान्त्वना ने अलग होकर रोहिणी को पुकारा, "आओ मुई, अपने पिंजरे में आ जाओ।" रोहिणी डाल पर अपने पाँव इधर-उधर करके उड़ी। फिर पिंजरे में लौट आयी। सान्त्वना ने द्रौपदी से कहा, "सखी, मैं भी आज ही आपके साथ जाऊँगी। महारानी की यही आज्ञा है।"

द्रौपदी ने कातर होकर कहा, "सान्त्वना कहाँ है, महारानी कहाँ हैं, मेरी माँ—मेरी माँ!" कहकर द्रौपदी फिर सुबक उठी।

महारानी ने भीतर घुसते ही यह शब्द सुने और अपनी बाँहें पसारकर बेटी को सीने से लगा लिया। आसमान की चारों दिशाएँ माँ-बेटी के बिछोह के क्षणों से काँप उठीं।

महारानी ने संयत होकर कहा, "मैं धन्य हो गयी बेटी! सभी तुम्हारा गुणगान कर रहे हैं। आज मेरी बेटी ससुराल जाएगी। बेटी का असली घर तो वही होता है।"

द्रौपदी ने पूछा, "माँ, मैं फिर यहाँ कब आऊँगी।"

"जब चाहो आना। तुम्हारा महल इसी तरह रहेगा। सदा तुम्हारी प्रतीक्षा में तुम्हारी माँ की तरह।"

"माँ मैं कैसे इतनी लम्बी प्रतीक्षा करूँगी, बड़ा कठिन है?"

"वैसे ही करना जैसे बेटियाँ करती हैं। सास कुन्ती और गान्धारी में कोई अन्तर न करना। महाराज धृतराष्ट्र को पितातुल्य जानना। अपने पतियों को प्रसन्न रखना।"

द्रौपदी बोली, "माँ, अच्छी पत्नी बनना बड़ा कठिन होता होगा न! मुझे आशीर्वाद दो माँ, तुम्हें कभी कोई शिकायत न मिले।"

"बेटी, सुखी रखना, सुखी रहोगी।"

द्रौपदी ने भर्राई आवाज में कहा, "माँ, मुझे शीघ्र बुलवा भेजना। नये परिवेश में जुड़ने के लिए मुझे पुराने तन्तुओं की आवश्यकता होगी। बीच-बीच में आती रहूँगी तो मन स्थिर रहेगा।"

महारानी ने द्रौपदी का एक लम्बा हार अच्छी तरह रखते हुए कहा, "मैं जानती हूँ बेटी, इसीलिए सान्त्वना को तुम्हारे साथ ही भेज रही हूँ। युधिष्ठिर से सलाह करके इसका ब्याह वहीं करवा दोगी तो इसका मन भी यहाँ पर कम अटकेगा।"

द्रौपदी ने चमककर माँ को देखा, फिर पूछा, "माँ, क्या ब्याह करने-भर से मन कहीं अटकता नहीं है। इसका तो एक ही पति होगा। मेरे तो पाँच होंगे। क्या मेरा मन कभी घर आने को न करेगा?"

"घर तो अब वही होगा बेटी!" महारानी ने ठण्डी आह भरकर कहा, "रही पाँच पतियों की बात, वो तो सुन रही हूँ। पिछले जन्म में तुमने ही शंकरजी से पाँच

बार पति माँग लिया था। सो उन्होंने पाँच पति दिये। पति दो, पति दो, तुम्हीं ने कहा था बेटी।"

"माँ, क्या शंकरजी एक ही पति में पाँच गुण नहीं देख सकते थे? क्या सिर्फ़ अर्जुन में ही ये पाँच गुण नहीं हैं। मैंने तो सिर्फ़ अर्जुन की पत्नी होना चाहा था, जिसने मुझे स्वयंवर में जीता है।"

महारानी ने कहा, "बेटी सिर्फ़ अर्जुन में सभी गुण देखना अब पाप है। तुम्हें अपने पाँचों पतियों में गुण-ही-गुण नजर आने चाहिए।"

"हाँ माँ—यही करूँगी मैं, पर क्या पाँच पतियों से ब्याह होना पाप न हुआ? मुझे तो भय लग रहा है माँ! तुम तो अवश्य जानती होगी। क्या एक ही पति काफ़ी नहीं होता?"

महारानी ने दूसरी तरफ़ मुँह कर लिया। वह अपने आँसू द्रौपदी को न दिखाना चाहती थी। उन्होंने संयत होकर कहा, "बेटी, पुरुष कक्ष में होनेवाली बातें रनिवास में सिर्फ़ सूचना की तरह आती हैं। कोई उनकी सम्मति की अपेक्षा नहीं करता। महाराज ने जब यह सूचना मुझे दी, तब मैंने भी कड़ा विरोध किया था। पर तुम्हारे पिता ने जब सारी बात बतायी, तब मैंने भी देव की इच्छा के आगे अपनी गर्दन झुका दी।"

द्रौपदी ने अपनी अलमारी में झाँकते हुए माँ से पूछा, "देव कहाँ हैं माँ? मैं उनसे पूछना चाहती हूँ—क्या वे कभी किसी की पत्नी बने हैं? बड़ा भय लग रहा है माँ। युधिष्ठिर यदि मेरे पति हैं तो उनके अनुजों की पत्नी कैसे बनूँगी माँ! मेरे लिए देवर जेठ न रहे, पति ही पति हो गये। आज तक जो सब सुना था वो क्या झूठ था माँ? जो मेरे पति हैं वो जेठ भी हैं और देवर भी। यह कैसी भूल-भुलैया होगी माँ! इस भूल-भुलैया में गुम हो जाने के लिए मुझे किसने छोड़ दिया। क्या यहाँ से कभी कोई राह भी निकल पाएगी?"

माँ चुप रही।

"मैं जानती हूँ माँ। महर्षि व्यास की मुहर के ऊपर अब कोई प्रश्न नहीं उठाएगा। पर माँ क्या भगवान् शंकर अपनी पार्वती किसी से बाँट सकते हैं? क्या पत्नी भी बाँटने की वस्तु है माँ? सीताजी ने तो सिर्फ़ अग्निपरीक्षा दी थी। मुझे तो निरन्तर अग्नि ही में रहना पड़ेगा। तभी तो कह रही हूँ माँ, मुझे बुलाती रहा करना ताकि अग्नि के ताप के बीच ठण्डी बयार भी सुख देती रहे।"

"तुम्हारा कष्ट मैं समझती हूँ, पर विवश हूँ बेटी। धर्मराज युधिष्ठिर से अधिक पाप-पुण्य कोई नहीं जानता।"

"माँ, तेरी बेटी इतनी रूपवती न होती तो शायद यह स्थिति न होती। इस रूप ने ही सबको लुभा लिया। पर जिसने मुझे लुभाया उसके लिए मैं पूरा जीवन अग्नि ताप सकती हूँ। यह कहना कि पहले बड़े भाई का विवाह होना चाहिए—उचित

है, पर क्या पहले भीम का हिडिम्बा से विवाह नहीं हुआ? फिर अर्जुन का ब्याह द्रौपदी से क्यों नहीं हो सकता? मैं जानती हूँ माँ, स्त्री का रूप बड़े-बड़े धर्मात्माओं को अपने विवेक से गिरा देता है। मैं इतनी रूपवान न होती तो शायद एक पति का सुख पाती। उससे प्रेम करती। उसके पुत्रों को जन्म देती। पर मैं तो जैसे इसमें धँसती जा रही हूँ। लगता है प्रेम करना मेरे लिए पाप है। पत्नी को तो अवधि में बाँधा जा सकता है, पर प्रेम को नहीं। क्या अर्जुन के बाद मैं किसी और पुरुष को प्रेम कर सकूँगी? और अब क्या अर्जुन को भी कर पाऊँगी? मैं तो विद्रोह भी नहीं कर सकती माँ! विद्रोह करने पर कहाँ देख पाऊँगी अर्जुन को।"

महारानी अपनी विवशता पर झुंझला पड़ीं। अपनी अनिन्द्य सुन्दरी पुत्री के लिए क्या-क्या सपने देखे थे—सभी चूर हो गये। उसने अपने मन पर पत्थर रखकर कहा, "बेटी, स्त्री हर युग में विवश रही है। इसी तरह चलते रहेंगे—युग-युगान्तर, उसके साथ घिसटती रहेगी स्त्री।"

द्रौपदी तुरन्त बोल उठी, "नहीं माँ, हमेशा ऐसे नहीं होगा। कभी-न-कभी स्त्री को मालूम हो जाएगा कि उसका शोषण हो रहा है। और फिर वह इससे निपटकर ही दम लेगी।"

"बेटी, स्त्री के पैरों में कई बेड़ियाँ होती हैं। सबसे बड़ी प्रेम की बेड़ी, उसके बाद बच्चों की घुँघराली बेड़ी है—जिससे वह स्वयं ही मुक्त होना नहीं चाहती। अपनी सन्तति को गले लगाने के बाद स्त्री का जीवन तृप्त हो जाता है। उसे फिर किसी से कोई शिकायत नहीं रहती।"

"माँ, स्त्री कभी-न-कभी ज़रूर विद्रोह करेगी। इसी आशा में मैं अग्नि में तपने को प्रस्तुत हुई हूँ।"

"अग्नि क्यों कहती हो बेटी, स्त्री होकर पैदा होना बड़े भाग्य की बात है।"

"हाँ माँ, मैं स्त्री होऊँगी पाँच पतियों की। सब अपनी-अपनी अवधि में मुझे बहुत प्रेम करेंगे। पर क्या एक ही देह भोगते पाँच भाइयों को मैं भी प्रेम कर पाऊँगी? यह मुझसे न होगा माँ! ऐसा करने को कभी न कहना।"

"बेटी प्रेम से भी ऊँचा है कर्तव्य। तुझे कर्तव्य से गिरता न देखूँ, न सुनूँ।"

द्रौपदी ने आतुर होकर कहा, "माँ, अपनी बेटी को एक बार भींचकर गले से लगा लो। इसके बाद गले लगाने पर शायद ही तुम्हें तुम्हारी बेटी मिले। हाँ विश्वास करो, कर्तव्य अवश्य मिलेगा।"

"मेरा हृदय क्यों नहीं फट जाता, बेटी मैं किस हृदय से तुम्हें विदा करूँगी। हमेशा इसी रूप में तुम याद आओगी कृष्णा!"

"चिन्ता न करो माँ, मैंने मन-ही-मन यन्त्र की तरह रहना सीख लिया है। जब अर्जुन ने ही विरोध न किया तो मैं क्या कर सकती हूँ? भ्रातृयुद्ध की आशंका से तुम्हारी बेटी के टुकड़े हुए हैं माँ, क्या यह नहीं समझ पा रही हो। तुम्हारी यह बेटी

अब सिर्फ़ भिक्षा है माँ, जो बारी-बारी से पाँच पाण्डवों की झोली में पड़ेगी। मैं भिक्षा हुई तो ये धनुर्धर भी भिखारी ही हुए। बराबर का मामला है, न कोई कम, न अधिक। रोती क्यों हो माँ, और कोई विकल्प नहीं है। मैं बँटने के लिए प्रस्तुत हूँ। माँ, मैं जानती हूँ द्रौपदी का नाम कभी भी सम्मान से नहीं लिया जाएगा। सिर्फ़ बहुपति स्त्री ही द्रौपदी कहलाएगी। कोई कुलीन पतिव्रता स्त्री को कभी द्रौपदी न कहेगा। मुझे पतिव्रता मत कहना माँ। पतिव्रता के पाँच पति नहीं होते!"

महारानी ने अपने आँसू बहने दिये और रुआँसे स्वर में कहा, "बेटी जो भी हो गया, अब वही अटल है। तुझे सीख देना मेरा धर्म है। कभी एक पति की बात दूसरे को न कहना। अपने मन में पाँच राज्य बनाना। उनमें से किसी एक राज्य का समाचार दूसरे राज्य में न जाए। यही तेरा धर्म है पुत्री! यदि पति कभी और ब्याह करे तो उनकी पत्नियों से बहनों जैसा व्यवहार करना बेटी।"

"माँ, क्या द्रौपदी को भोगने के पश्चात् भी वे और ब्याह करके वैसा ही सुख पा सकेंगे? सुना है भिक्षा का भोजन बड़ा स्वादिष्ट होता है। भीम की पत्नी हिडिम्बा तो भिक्षा नहीं बनी, वह सिर्फ़ भीम की थाली में परोसा जानेवाला पकवान है। उसे तो कोई और भाई देखेगा भी नहीं।"

सान्त्वना ने शीघ्रता से भीतर आकर कहा, "महारानीजी, देवी कुन्ती अपनी परिचारिकाओं के साथ इधर ही आ रही हैं।"

तब तक कुन्ती भीतर आ चुकी थी। उसने दोनों माँ-बेटी की सूजी आँखें देखकर कहा, "महारानी, तुम्हारी कन्यारत्न को मैं अपने भाग्य पर सजाऊँगी। द्रौपदी मेरे घर की लौ है। इसके शुभ चरण पड़ने के बाद ही हम इतने बरसों बाद घर जा रहे हैं। मेरी सुलक्षणा बहू मेरी बेटी भी है। मैंने बेटी पैदा तो नहीं की, लेकिन बेटे देकर बेटी ली है। तुम्हारे वियोग को अपनी माँ के रूप में चीन्ह सकती हूँ। मेरी माँ की आँखें भी ऐसे ही सावन-भादों हुई थीं। महारानी चिन्ता न करो। तुमने एक माँ की गोद से उठाकर बेटी दूसरी माँ की गोद में दी है। स्त्री को ही विधाता ने यह गुण दिया है कि वे एक स्थान से उखाड़कर दूसरे स्थान पर रोपे जाने पर ही फल देती हैं। इस जगत् की जननी तो स्त्री ही है। महात्मा विदुर का कहना है हस्तिनापुर के नर-नारी द्रौपदी को देखने के लिए आतुर हैं।"

महारानी आश्वस्त हुई। उसने कहा, "देवी कुन्ती, यह अब आपकी ही बेटी है। इसके अवगुणों को क्षमा करती रहिएगा।"

"जी छोटा न करो महारानी। मेरी द्रौपदी बड़ी भाग्यवती है।"

महात्मा विदुर महाराज द्रुपद से लौटने की आज्ञा माँगते हुए कह रहे थे, "महाराज, अब पाण्डवों को द्रौपदी सहित जाने की अनुमति दीजिए। कौरव-कुल की स्त्रियाँ उत्साह से राह देख रही होंगी। महाराज धृतराष्ट्र और महारानी गान्धारी भी

अपनी बहू के आने की आहट पर कान लगाये होंगे।"

महाराज द्रुपद ने द्रौपदी के सिर पर हाथ रखकर कहा, "पुत्री जाओ, अपने घर जाओ, यह तो तुम्हारा पड़ाव था। जाओ सुखी रहो।"

द्रौपदी एक बार 'माँ' कहकर महारानी के गले लगकर रो पड़ी। उसने धीरे-से कहा, "माँ, पिताजी को कुछ मत बताना। हो सके तो तुम भी भूल जाना। चली, तुम्हारी बेटी अग्निपरीक्षा के लिए।"

महारानी ने कहा, "नहीं बेटी ऐसा न कहो। बहुत सुख पाओगी। अपनी माँ को न भूल जाना।"

रथों पर सवार होते ही घोड़े अपने घर की दिशा को सूँघकर चौकड़ियाँ भरने लगे। घोड़ों की पदचाप जैसे मृदंगों पर पड़ती थाप हो। राह की निस्तब्धता टूटने लगी जैसे नयी दुल्हन के आगमन पर मंगलगान बिखर कर निस्तब्धता को तोड़ देते हैं।

कुन्ती के मन की आकुलता द्रौपदी के हृदय की ऊहापोह कभी-कभी उनींदापन बनकर उनकी आँखों पर छाने लगती। फिर किसी मोड़ या किसी आहट से टूट जाती। द्रौपदी सोचती ससुराल जाना अनायास ही हो गया। कैसा होगा हस्तिनापुर? कैसा स्वागत होगा पाण्डवों का? पाँचों पाण्डवों के अपने-अपने महल होंगे। द्रौपदी का महल कैसा होगा? पाँच पति हैं पर किसी से पूछ नहीं सकती। मेरे महल में आने का नियम से पालन करेंगे सब। बड़े शालीन और मर्यादापूर्ण लोग हैं।

द्रौपदी ने देखा, ख़ूब लम्बा-चौड़ा रास्ता कट गया है। द्रुपद की राजधानी व प्रदेश पीछे छूट गये हैं। यहाँ वृक्षों में भी नये-नये वृक्ष हैं। पहनावा भी बदला है। उत्सुकता से रथों को देखती स्त्रियों के चेहरे भी नये-नये हैं। मकानों की छतें, छतों पर बच्चे कैसे तो रथों को देखकर ख़ुश हो रहे हैं।

द्रौपदी ने सोचा आज पता नहीं कौन से महल में रात होगी। मेरा महल एक मन्दिर-सा होगा या किसी वारांगना का प्रासाद कौन जाने? उसने यह विचार हृदय से परे हटाकर सान्त्वना से कहा, "सान्त्वना, देखो कितने सुन्दर वृक्ष हैं। फूलों से

लदे। धरती पर झुके ये वृक्ष किसी स्त्री जैसे नहीं लगते क्या?"

सान्त्वना कुछ खीझी हुई थी। उसने कहा, "देवी आपकी कल्पनाएँ मेरी समझ से परे हैं।"

द्रौपदी ने हँसकर कहा, "तुम्हारा ब्याह भी जल्दी करवाना होगा। महारानी की ऐसी ही आज्ञा है। पर अपने दूल्हे के प्रेम में यह न भूलना कि माँ ने तुम्हें सिर्फ़ मेरे लिए भेजा है।"

"फिर दूल्हा क्यों चाहिए। वह भी तुम्हारी ससुराल का।"

"क्यों मेरे मायके में तेरा कोई था?" सान्त्वना ने इस प्रश्न का उत्तर न दिया। कहने लगी, "जोड़-जोड़ दुःख रहा है। तुम्हारी ससुराल के रथ की चूलें ढीली हैं। और वह देखो दूर से हस्तिनापुर भी दिखाई देने लगा है। कहीं-कहीं से धुआँ भी उठ रहा है।"

"यह धुआँ ही तो है। निर्मल आकाश को चीरकर यह धुआँ कैसे पूरे ब्रह्माण्ड में फैलता दिखाई देता है। फैलने से धुएँ की घुटन कम हो जाती है। मेरे मन के भीतर जो धुआँ है वो भीतर-ही-भीतर घुमड़ता है। उड़ता भी है तो बैठ जाता है।"

सान्त्वना ने अनसुना करते हुए कहा, "देवी देखो, नगर कैसे फूलों झाड़ियों के वन्दनवारों से सजा है। वाद्ययन्त्र यहाँ तक सुनाई दे रहे हैं। तुम्हारी अगवानी के लिए स्त्रियाँ फूल-मालाएँ लिये मंगलगान कर रही हैं।"

द्रौपदी ने कोई उत्तर न दिया। उत्साहित होकर सान्त्वना ने फिर कहा, "देखो देवी, सभी तुम्हारे रथ को देखकर प्रसन्न हो रहे हैं। पाण्डव तो मुख्य द्वार तक पहुँच गये हैं। कितना उत्साह है लोगों के मन में! अब हमारा रथ भी पहुँचने ही वाला है। देवी कुन्ती को नगरवासियों ने घेर लिया है। सब तुम्हारे रथ पर दृष्टि जमाये हुए हैं। नयी बहू तो तुम ही हो न!"

रथ के रुकते ही स्त्रियों ने द्रौपदी को घेर लिया। द्रौपदी मुस्कराती हुई अपनी सास कुन्ती के पास जा खड़ी हुई। पाँचों पाण्डवों पर द्रौपदी की दृष्टि लगी तो उसने पाया अर्जुन उसे देख रहा है। शायद देख ही रहा होगा। द्रौपदी को स्त्रियाँ बार-बार देख रही थीं। सब महल की ओर जाने लगीं। कुन्ती ने द्रौपदी का हाथ पकड़कर कहा, "महारानी गान्धारी का हाथ पकड़कर चरण छूना।"

द्रौपदी ने आकाश में उठी अट्टालिकाओं को देखा। फूलों की सुगन्धित टहनियाँ झरोखों तक जा रही थीं। अट्टालिकाओं में से स्त्रियाँ झाँक-झाँक कर द्रौपदी को देख रही थीं। द्रौपदी प्रसन्नता से भर उठी। कुन्ती की आँखों में आनन्द के आँसू थे। उसने घूमकर अश्रुपूर्ण नेत्रों से द्रौपदी से कहा, "कृष्णा, ससुराल में तुम्हारा स्वागत है।"

महारानी गान्धारी के महल में मृदंग की थाप का स्वर सबसे मुखरित था। उसके महल में छोटी कन्याएँ नृत्य कर रही थीं। गान्धारी ने द्रौपदी की अगवानी

के लिए आयोजन किया था। वह पट्टी बाँधे अपने आसन पर बैठी थी। उसने परिचारिका को कह रखा था, ज्यों ही देवी कुन्ती आये उसे द्वार तक ले जाए। कुन्ती और द्रौपदी ने ज्यों ही पदार्पण किया गान्धारी उठ खड़ी हुई। कुन्ती ने चरणस्पर्श किये और गले लग गयी।

"अहा दीदी, कितने दिनों बाद तुम्हारी गन्ध पायी है।"

"कहाँ है हमारी द्रौपदी?"

द्रौपदी ने सास के कहे अनुसार गान्धारी के चरण छूकर उसका हाथ पकड़ लिया। गान्धारी ने दोनों हाथों से उसका हाथ पकड़कर कहा, "इतना कोमल और पंख-सा हल्का हाथ तो हमारी द्रौपदी का ही होगा।"

द्रौपदी ने विनम्र होकर कहा, "प्रणाम करती है कृष्णा।"

"आहा कितना मीठा स्वर–कृष्णा तुम्हारा स्वागत है।"

गान्धारी के महल में कोलाहल और उपहारों के ढेर लग गये थे। कन्याएँ गीत गा चुकीं तो गान्धारी ने द्रौपदी से कहा, "इन सब कन्याओं को उपहार दो कृष्णा! उपहार यहाँ रखे हैं।"

द्रौपदी ने उपहार देकर गान्धारी का हाथ पकड़ लिया। जैसे कहीं से उसकी माँ का स्वर सुनाई दिया–'देवी कुन्ती और गान्धारी में अन्तर न करना।'

गान्धारी गद्‌गद हो गयी। उसने कितने ही आशीर्वाद दे डाले–"अपने पतियों के संग खुश रहो। जिन पतिव्रता स्त्रियों का नाम लेकर लोग नमन करते हैं, वैसे ही तुम्हारा यश हो। अपने महल में जाओ। राह की थकान तो कल तक मिट जाएगी। लेकिन मायके की स्मृति हमेशा सालती रहेगी। बूढ़े हो जाने पर भी मायके का स्मरण आस-पास मँडराता रहता है। आज तुम्हारी माँ की आँखें भी बार-बार भर आती होंगी।"

"कृष्णा, तुम्हारे सारे उपहार तुम्हारे महल में भेज दिये हैं। कभी-कभी मेरे पास आती रहना। दीदी, अब आप भी विश्राम करें। दैव ने मिलने का सुख भाग्य में लिखा था। नहीं तो कैसी-कैसी बातें सुनने में आती थीं।"

कुन्ती और द्रौपदी के अपने महल में जाते ही गान्धारी का महल ख़ाली-सा हो गया। पर उसका मन भर उठा था। कितना कुछ कितनी शीघ्र हो गया।...

धृतराष्ट्र ने पाण्डवों का स्वागत करके कहा, "अपने भाई के बच्चों को सकुशल पाकर मैं कृतार्थ हुआ। भीष्म पितामह की आज्ञानुसार आपके लिए एक पृथक् राजधानी का निर्माण होगा। तब आप वहीं जाकर रहेंगे। बहू द्रौपदी के स्वागत में कोई कमी न रहनी चाहिए। उसके आने के बाद पृथक् राजधानी और भी आवश्यक है। वहीं आप सब भाई द्रौपदी के संग सुखपूर्वक रहो।"...

इस तरह जंगल में मंगल हुआ। इन्द्रप्रस्थ का निर्माण। अद्‌भुत बाग़ों, जलाशयों, बावड़ियों, अट्टालिकाओं, बाज़ारों, उपवनों से इन्द्रप्रस्थ सज गया। कई

व्यापारियों ने अपनी दुकानें खोल लीं। बाज़ार लग गये। गलियाँ सज गयीं। पाण्डवों के उच्च प्रासाद आकाश छूने लगे। वहीं सब भाई सुखपूर्वक रहने लगे। कृष्ण और बलराम भी उनको सुखी देखकर बड़े प्रसन्नचित्त द्वारिका लौटे। इन्द्रप्रस्थ की ख्याति सब जगह फैल गयी। कई स्थानों से लोग इन्द्रप्रस्थ देखने आने लगे।

द्रौपदी के साथ समागम की अवधि नारदजी निश्चित कर गये थे। द्रौपदी युधिष्ठिर के पार्श्व में बैठी इन्द्राणी-सी शोभती। अर्जुन को अब अभ्यास हो गया था। सबके साथ रहते हुए भी जैसे वह सबसे अकेला था। कभी-कभी उसे आभास होता—महारानी द्रौपदी उसे देख रही है पर वह उस तरफ़ कभी न देखता था। अपने हृदय पर उसने शिला रख ली थी।

सभी दिवस एक ही तरह व्यतीत हो रहे थे। न द्रौपदी का आभास, न क्षणों में उल्लास, न बिछोह की पीड़ा, न मिलन का सुख, न देखने का चाव—कुछ भी अर्जुन को व्यापता न था। जैसे सब रुक गया हो, थम गया हो। एक कर्तव्य था जो अपने कवच में लिये-लिये घूम रहा था अर्जुन। अर्जुन—एक अच्छा छोटा भाई, जिसने अपनी पत्नी अपना सुख अपना जीवन भाइयों को विलग न होने देने के लिए हाथ से छोड़ दिया था।...

यह कर्तव्य ही तो था—जिसने अपने हाथों बनाये शीशमहल को अपने ही हाथों से तोड़ दिया था। उसकी किरचों से हाथ लहूलुहान थे पर कोई भी शिकायत होठों तक न आती थी। अर्जुन एक ठहरा हुआ गहरा जलाशय था या स्वयंवर में घूमता हुआ एक यन्त्र।

तभी विधाता ने एक कंकरी मारी और उसे हिलाकर रख दिया।

नये-नये इन्द्रप्रस्थ में दोपहर सकुचाती हुई आ रही थी। अर्जुन अपने महल में बैठा समय का अनुमान लगा रहा था। समय को काटने के सभी उपाय उसने जान लिये थे। तभी किसी की गुहार सुनकर वह सतर्क हुआ। द्वार पर एक ब्राह्मण हाथ जोड़े अपनी गायों के नाम पुकार-पुकारकर विह्वल हो रहा था।

"मेरी कल्याणी, मेरी गंगा, मेरी जमुना, मेरी नन्दी..."

अर्जुन ने देखा और पूछा, "क्या हुआ ब्राह्मण देवता, कुछ कहिए तो सही।"

ब्राह्मण ने कहा, "धनुर्धारी तस्कर मेरी गायें चुराकर भाग रहे हैं। मेरी इतनी दुधारू इतनी सुन्दर गायें दिन-दहाड़े खोलकर ले गये।"

अर्जुन ठिठका। ऐसे मौक़ों पर सबसे पहले ध्यान शस्त्र की ओर जाता है। शस्त्र वहीं थे जहाँ महाराज युधिष्ठिर द्रौपदी के साथ एकान्त में बैठे थे। यह बात भी निर्धारित थी कि यदि कोई भाई द्रौपदी को अन्य भाई के पास बैठा हुआ देख लेगा तो उसे बारह बरस तक ब्रह्मचारी बनकर वनवास भोगना पड़ेगा।

वनवास, अर्जुन का चेहरा चमका। क्या अब वनवास नहीं है। द्रौपदी का आस-पास होने का आभास उसके चरमराते कपड़ों की सरसराहट, उसकी देह से निकलती मादक सुगन्ध, उसके दामिनी की तरह चमकते नेत्र, उसकी सरोवर की तरह डोलती दृष्टि, उसका कक्ष को आलोकित करता रूप! महाराज युधिष्ठिर के पार्श्व में बैठी द्रौपदी क्या उसकी भार्या है? अर्जुन क्षुब्ध हुआ। उसने थोड़े घमण्ड के साथ मन-ही-मन सोचा।

अपने पराक्रम से लोगों की नींद भगानेवाला अर्जुन कब से नहीं सोया, कौन जानता है? अब अर्जुन समय को नहीं बाँधता, समय ने अर्जुन को बाँध रखा है। क्या बाढ़ आने पर नदी पानी को बाँध सकती है? समय तो अनन्त है अपार है, समुद्र की तरह। इसी समुद्र में डूब गया है अर्जुन। साँस आती है, पानी की सतह पर बुलबुले उठते हैं, पर कौन जानता है यह अर्जुन के निःश्वासों से उठनेवाले बुलबुले हैं। क्या होती है स्त्री? क्या होती है अपनी भार्या? एक सृष्टि में दो जीव, एक आत्मा में दो शरीर, एक डाल पर दो फूल, दो जुड़े हुए हाथों में एक नमस्कार।

पर अर्जुन कहाँ जान पाया।

अर्जुन को यों चुप और विचारमग्न देखकर ब्राह्मण ने कहा, "क्या सोच रहे हैं। लुटेरे मेरी गायें लेकर दूर निकल जाएँगे।"

अर्जुन ने निर्णय ले लिया—मैं नियम भंग करके वनवास जाऊँगा। यही मेरा कर्तव्य है। ब्राह्मण की गायें भगाकर ले जानेवालों से गायें छुड़ाना ही इस समय मेरा कर्तव्य है। और यह संयोग भी तो भाग्य से ही मिला है।

अर्जुन ने ब्राह्मण से कहा, "ठहरो विप्र, मैं शस्त्र लेकर उपस्थित होता हूँ। चोर अभी बहुत दूर न गये होंगे। निश्चय ही तुम्हें अपनी गायें मिल जाएँगी।"

युधिष्ठिर जहाँ बैठे थे अर्जुन ने वहाँ जाकर द्वार खटखटाया और भीतर चला गया। युधिष्ठिर को प्रणाम करके सारी घटना बताकर कहा, "हे भ्राता, मैं क्षमाप्रार्थी हूँ। शस्त्रों की आवश्यकता आ पड़ी है इसीलिए नियम भंग करके आना पड़ा, नहीं तो विप्र की गायें चोर ले जाता।"

युधिष्ठिर ने कहा, "अर्जुन तुमने अपने कर्तव्य का पालन किया है। विप्र की सहायता करना हमारा धर्म भी है। जाओ उसकी गायें छुड़ाकर उसे लौटा दो।"

अर्जुन भीतर से शस्त्र लेकर अपने ही तीर की तरह लौट गया। चोरों का

पीछा करके सारा गोधन छुड़ाकर लाया और ब्राह्मण को सौंप दिया। ब्राह्मण अपनी रँभाती हुई गायों को गले लगा-लगाकर अर्जुन को आशीर्वाद दे रहा था। अर्जुन यह दृश्य देखकर प्रसन्न हो गया। उसे लगा, सुख देने में ही सुख है।

अर्जुन ने युधिष्ठिर को गोधन लौटाने का समाचार सुनाकर पूछा, "अब मेरे लिए क्या आज्ञा है? मैंने द्रौपदी के साथ आपको एकान्त में देखकर नियम भंग किया है। अब मैं नियमानुसार बारह वर्ष तक वनवास के लिए जाऊँगा।"

युधिष्ठिर विचलित हुआ। उसने कहा, "अर्जुन तुमने कोई अपराध नहीं किया। बड़े भाई के पास छोटा भाई जब चाहे आ सकता है। इसलिए मेरी बात मानकर वनवास जाने का आग्रह छोड़ दो।"

अर्जुन ने दोनों हाथ जोड़कर कहा, "हे तात, मैंने आपसे ही सीखा है कि धर्म का आचरण छलपूर्वक नहीं करना चाहिए। मैं हाथ में शस्त्र लेकर शपथ खाता हूँ, मैं धर्म से विचलित न होऊँगा। अब मुझे वनवास जाने की अनुमति दीजिए। बारह बरस पश्चात् आपके श्रीचरणों में ही उपस्थित होऊँगा।"

युधिष्ठिर ने अर्जुन को फिर कहा, "मत जाओ अर्जुन।" पर मन-ही-मन वह भी जानता था कि अब अर्जुन नहीं रुकेगा।

यह सब तुरन्त ही हो गया। किसी ने भी इस स्थिति में यह न देखा कि द्रौपदी का मुँह किस तरह पीला पड़ गया है। उसने सोचा, अर्जुन इस प्रकार जा सकता है, यही बात मेरे मन में नहीं आयी। उसे अपना सारा संसार गिरता हुआ लगा। बारह बरस के लिए अर्जुन चला जाएगा। कौन-सी आशा लेकर जियूँगी। उसने युधिष्ठिर से कहा, "आर्य, मैं अपने कक्ष में जाने की अनुमति चाहती हूँ।"

अर्जुन के वनवास जाने का समाचार सुनते ही कई वेदपाठी ब्राह्मण, संन्यासी, कथावाचक भी अर्जुन के साथ चल पड़े। अर्जुन एक तपस्वी की तरह धार्मिक कथाएँ सुनता, यज्ञ, अग्निहोत्र, जप, स्नान और पवित्र स्थल देखता गंगाद्वार पर आ गया। जहाँ भी वो अपना ठिकाना बनाता, वहीं लोग चले आते। इस तरह का जीवन उसे बड़ा अच्छा लगने लगा। द्रौपदी आँखों से ओझल होकर मन के और पास आ गयी थी। यहाँ उसे बाँटनेवाला कोई न था। अर्जुन के मन में एक ही फाँस गड़ी थी। उसे लगता, मुझे द्रौपदी से विदा लेकर आना चाहिए था या नहीं। पता नहीं वो अपराध था या अब अपराध कर रहा हूँ। युधिष्ठिर को झुककर प्रणाम करते समय उसने द्रौपदी की तरफ़ भी सिर सम्मान में झुकाया था, पर उसे देखे बग़ैर तीर की तरह भाग आया था। डर था भैया रोक न लें, डर था कुछ द्रौपदी न कह बैठे। द्रौपदी दुखी तो अवश्य हुई होगी। मैं तो इसलिए भी गया देवी कि रोज़-रोज़ मुझे देखकर तुम आहत न होओ। पर क्या मैं आहत नहीं हूँ? जीती हुई वस्तुएँ बाँटते-बाँटते भाइयों को कुछ भी बाँटना इतना सहज लगने लगा कि मेरी द्रौपदी भी बँट गयी। इस स्थिति से क्या कभी उबर सकता हूँ?...

कृष्णा कर सकोगी मुझे क्षमा? क्या जान पायी हो, मैं स्वयं कितना असहाय हूँ? अपने इर्द-गिर्द यह जाल बनाकर अब स्वयं जाल को काटकर भाग जाना चाहता हूँ। भागते-भागते चाहे कितनी बार ब्रह्माण्ड के चक्कर लगा लूँ पर इस स्थिति से छुटकारा पाना चाहता हूँ। मैं कायर की तरह नहीं भाग रहा कृष्णा। मैं लज्जा ढँकने के लिए भाग रहा हूँ। हाँ मुझे लाज आती है। मुझे लाज आती है अपनी पत्नी को अपने बड़े भाई के पार्श्व में बैठे हुए देखने पर, मुझे लाज आएगी जब वह एक वर्ष तक भीम की अंकशायिनी होगी और लाज आएगी जब मेरे दोनों अनुज भी एक-एक वर्ष के लिए उसके पति होंगे। मैं इस अवधि में कई-कई बार मरण को वरूँगा। कृष्णा, यह जीना नहीं है।...

अपनी कुटिया में बैठा अर्जुन दुःख और क्षोभ से काँप रहा था। विवशता की तलैया में उसका रोम-रोम लज्जा में डूब रहा था। उसे लगा इस स्थिति से छुटकारा पाना कठिन है। उसने अपने दोनों हाथों से उन्हें ढाँप लिया। अश्रुधारा बह चली। उसने कुछ न किया। क्या करता, उसका रोम-रोम क्षमा-क्षमा की गुहार लगा रहा था। उसने हिचकियाँ लेते हुए धीरे-धीरे कहा, “कृष्णा क्या कभी मेरा अपराध क्षमा कर पाओगी। क्या जान पाओगी कि मैं कितना असहाय हूँ। जो हुआ वो इतना अप्रत्याशित था कि मैं आज तक स्तब्ध हूँ, मैं तो मानो काठ का हो गया हूँ।... आज भी स्तब्ध हूँ देवी! आज भी तुम्हारे सौन्दर्य की आँच, तुम्हारे बैठने के स्थान से आती तपन, तुम्हारे तन से बहती सुगन्ध, तुम्हारा सान्निध्य यहाँ तक महसूस करता हूँ। कहाँ हो तुम प्रिया, कहाँ हो कृष्णा! तुम मेरे साथ जुड़ा एक चक्र हो गयी हो, जो पाँच शिखरों के सम्मुख घूमता रहता है। जो भी शरीर तुम्हारे सामने आएगा, तुम उसी की हो। हर समय बदलते रहने से तुम थक नहीं जाओगी कृष्णा! यन्त्र होने पर तुम्हारी वो प्रथम प्रणयी दृष्टि क्या हुई कृष्णा? कैसे देखा था तुमने मुझे? क्या सिर्फ़ उस दृष्टि के पल को बाँधकर रखने के लिए तुम यन्त्र हो गयीं। कृष्णा जुड़ गयी पाण्डवों के साथ। सिर्फ़ मेरे लिए। तुम्हारे सौन्दर्य ने सबको मोहित किया, पर मुझे तो राख ही कर डाला।”...

“कृष्णा!” एक कराह की तरह अर्जुन का स्वर निकला। उसे लगा सामने ही बैठी है द्रौपदी। उसने बहुत प्यार से कहा, “कृष्णा, मेरे भीतर अब कुछ नहीं धधकता। स्त्री को देख मन आलोड़ित नहीं होता। कोई चाव नहीं उपजता। एक लौ की तरह धधका था चाव, बादल फटने से मिट गया।

“कृष्णा, स्त्री तो सिर्फ़ तुम हो जिसके लिए मैंने लक्ष्यभेद करके सोचा था— अर्जुन का धनुर्धर होना सार्थक हो गया। कृष्णापति होकर संसार पा लिया मैंने। धरती पर चलनेवालों से मैं एक हाथ ऊपर चल रहा हूँ। सब मुझसे ईर्ष्या कर रहे हैं। फिर क्या हुआ, वैसा ही जीवन भोगने से पहले ही तपस्वी हो जाना पड़ा। इतने बरसों ब्राह्मण वेश में भिक्षा माँगते मणि हाथ लगी और बँट गयी। घर आते ही यह

वनवास। वनवास ही वनवास। यह जीवन ही अब वनवास हो गया है। भागते-भागते छुपते-छुपते आँखें चुराते जीनेवाला जीवन वनवास से भी ख़राब है।"

अर्जुन को माँ के हाथ की तरह सहलाती हुई बयार ने प्यार से छुआ। अर्जुन सतर्क हुआ। उसने देखा ध्यान में पता ही न चला कि वह गंगा किनारे जा रहा है। गंगा उछल-उछलकर मानो उसे अपने पास बुला रही है।

उसे याद आया वो तो गंगा स्नान के लिए ही घर से निकला था। कितना भुलक्कड़ हो गया है अर्जुन! सिवाय कृष्णा के कुछ भी ठीक स्मृति की पकड़ में नहीं आता। गंगा स्नान करके अवश्य हल्का हो जाऊँगा। स्नान से कलुष तो मिट ही जाते हैं मन की जमी हुई मैल भी धुल जाती है।

अर्जुन ने अपने वस्त्र किनारे पर रखकर रेत में चलते हुए रेत के कण कदमों के नीचे सुरसुराते हुए महसूस किए। उसने सोचा धरती काँटे चुभाती है, गुदगुदाती भी है। गंगा में उतरते ही पाँव एकदम सुखमय हो गये। तन-मन शीतल हुआ। अर्जुन साँस रोककर तैरने लगा। जल कितना सुख देता है। जल में मैं हूँ या जल मुझमें। यह निर्णय कर पाना कठिन है। अर्जुन ने सोचा कितना सुन्दर है यह जगत्। कितना कोमल है जल का स्पर्श। कितना भव्य है इसमें आँख मूँदकर शून्य में तैरते रहना।

हल्के और स्वच्छ ताज़ादम होकर अर्जुन ने जल को जल से तर्पण किया। फिर अग्निहोत्र करके बाहर निकल रहा था। तभी नागराज की पुत्री ने कामनावश होकर उसे गंगा में ही खींच लिया।

इस तरह अनायास कोई स्त्री जल में से खींचती हुई ले जा रही है, अर्जुन को समझ ही नहीं आया। यह क्या घट रहा है? जब गंगा के दूसरे किनारे पर स्त्री के हाथों खिंचते अर्जुन ने अपने-आपको खड़ा पाया तो देखा एक रमणी उनके पैरों से आकर लिपट गयी है। अर्जुन ने पूछा, "कौन हो तुम, ऐसा साहस कैसे किया? मैं कुन्तीपुत्र अर्जुन हूँ। बारह बरस की अवधि के लिए वनवास पर हूँ। यह कौन-सा स्थान है।"

स्त्री ने कहा, "मैं उलूपी हूँ। कौरव्य नागपति की पुत्री। तुम्हें देखकर मोहवश खींच लायी हूँ।"

"देवी, मैं अग्निहोत्र के लिए बाहर निकल रहा था। क्या मैं अग्निहोत्र सम्पन्न कर सकता हूँ।"

उलूपी अर्जुन को अग्नि के पास ले गयी। अर्जुन ने अग्निहोत्र सम्पन्न किया। उलूपी वहीं पर लज्जावश गर्दन झुकाये खड़ी थी। अर्जुन ने लज्जा ओढ़ती उलूपी को देखकर पूछा, "यहाँ क्यों लायी हो? यह कौन-सा स्थान है? कौन हो तुम?"

फिर वही प्रश्न सुनकर उलूपी ने बड़े मृदु स्वर में कहा, "हे पुरुष सिंह, मैं कौरव्य नामक सर्पराज की पुत्री उलूपी हूँ। तुम जब गंगा में स्नान कर रहे थे, तब

मैं तुम्हें देखकर मोहित हो गयी। इसीलिए यहाँ तक लायी हूँ। मुझे स्वीकार करो। मैं तुम्हारा बड़ा उपकार मानूँगी।"

अर्जुन ने उसे देखकर बड़ी विनम्रता से कहा, "मुझे क्षमा करना देवी, मैं कुन्तीपुत्र अर्जुन एक नियम में बँधा हुआ हूँ। स्वतन्त्र भी नहीं हूँ। धर्मराज युधिष्ठिर की आज्ञा से मुझे बारह बरस तक ब्रह्मचर्य के साथ वनवास में रहना है। हे नागकन्या, मुझे अन्यथा मत लेना। मैं तुम्हारा प्रिय कार्य नहीं कर सकूँगा। अधर्म और प्रतिज्ञा भंग करना मेरे वश में नहीं है। मुझे क्षमा करो देवी!"

उलूपी ने कहा, "मैंने तो तुम्हें स्नान करते समय ही पहचान लिया था अर्जुन। मैं यह भी जानती हूँ कि तुम किस कारण से घर छोड़कर आये हो। यह भी ज्ञात है कि तुम्हारा ब्रह्मचर्य का व्रत सिर्फ़ द्रौपदी को लेकर है। मेरे साथ सहवास करके तुम्हारी प्रतिज्ञा भंग न होगी। कोई भी वीर पुरुष किसी कामपीड़िता स्त्री को दुत्कारता नहीं है। मेरी कामना सफल करना तुम्हारा धर्म है। शास्त्रों में भी यही लिखा है। इसमें कोई दोष नहीं है। यदि तुम मेरी इच्छा पूर्ण न करोगे तब तुम निश्चय ही पाप करोगे। यह पाप न करो अर्जुन।"

अर्जुन निरुत्तर हो गया। उलूपी के साथ जाते हुए वह सोच रहा था—क्या यह द्रौपदी के प्रति अन्याय न होगा। यह देह कभी किसी स्त्री की चाह में नहीं रही। चाह की सुगन्ध तो द्रौपदी को देखकर ही फैली थी। उसे देखकर ही देह का रोम-रोम खुल गया था। बस हाथ-भर बढ़ाने की देर थी। दूरी भी कहाँ थी, हमारे मध्य सिर्फ़ उत्तरीय था। प्यास दोनों तरफ़ चरम पर थी। अमृत-पान दूर-ही-दूर होता चला गया। अब तो लगता है जैसे कुछ हुआ ही न था। सब छलावा था।... कृष्णा तुम्हारे प्रति यह निश्चय ही अन्याय है। मुझे क्षमा कर सकोगी। लगता है पूरी आयु एक भिखारी की तरह क्षमा माँगता मैं तुम्हारे द्वार पर खड़ा रहूँगा। तुम तो जानती हो मैंने ऐसी कामना कभी न की थी। सच तो यह है कि अब कोई कामना ही नहीं रही।

अर्जुन उलूपी के संग जा रहा था। उसने सोचा, यदि इसका अनुरोध ठुकरा देता हूँ तो पाप का भागी होता हूँ। यदि अनुरोध रखता हूँ तो कृष्णा का अपराधी तो होता ही हूँ। क्या मैं हमेशा तुम्हारा अपराधी ही रहूँगा कृष्णा?

अपनी विवशता पर मेरा वश नहीं है तभी तो भाग आया, धर्मराज के आग्रह पर भी नहीं रुका। तुम्हारी लाचारी, तुम्हारी विवशता मैं नहीं देख सकता था। देह का भी धर्म होता है, पर यह देह तो सिर्फ़ तुम्हारी थी। तुम मेरी अखण्डयौवना चिरकुँआरी पतिव्रता स्त्री हो कृष्णा। यही समझना तुम्हारा पति भटक गया है।

एक स्त्री के साथ रात्रि व्यतीत करके कदाचित् मैं तुम्हारे और समीप आ पाऊँगा। क्योंकि मेरे लिए पत्नी का अर्थ सिर्फ कृष्णा है, उसी तरह जैसे तुम्हारे लिए पुरुष सिर्फ़ मैं हूँ। कृष्णा, मुझे ऐसा क्यों लगता है कि जब भी कोई पुरुष किसी

स्त्री से मिलता है तो वे अर्जुन और द्रौपदी ही होते हैं। बहुत-सी स्त्रियों के साथ समागम एक भटकन ही होता होगा। भटकन न प्रेम है न संकल्प। मैं भटकाया जा रहा हूँ। भटकने के लिए वनवास पर नहीं आया। मेरे रोम-रोम के वातायन से सिर निकालकर देखती स्त्री सिर्फ़ तुम हो कृष्णा!...

अर्जुन का हाथ पकड़कर जाती उलूपी ने हाथ ज़रा कसकर पकड़ा और खींचा तो अर्जुन वास्तविक स्थिति में आ गया। उलूपी के कक्ष में जब तक दीया जलता रहा, वही थी। जब दीया बुझ गया तब सिर्फ़ द्रौपदी रह गयी। द्रौपदी जो सदा से थी।

अर्जुन ने सोने से पहले द्रौपदी से पूछा, "द्रौपदी, इस समय तुम कहाँ हो, किसके पास हो? मेरे भाइयों में कौन तुम्हारा पति है? बँटने में निश्चय ही तुम मेरे हिस्से में भी आओगी, पर मुझे तो हिस्सा नहीं चाहिए था। सिंह पुरुष हिस्सा नहीं माँगते। हिस्सा नहीं लेते। कृष्णा, मेरी पत्नी, सुनो, देह एक माध्यम है पाने से पाने तक का, पर सभी कुछ तो नहीं है देह।"

उलूपी के संग रात बिताकर अर्जुन गंगा में उसी स्थान पर नहाने आ गये। कृतज्ञ उलूपी अर्जुन को वहीं छोड़ने आयी, उसने अर्जुन को वर दिया, "अर्जुन, तुम्हें कभी किसी जलचर से कष्ट न होगा। तुमने मेरी इच्छा पूर्ण करके पुण्य का काम किया है। जाओ वीर, उलूपी धन्य हुई। एक पूर्ण पुरुष को पाना पूरे ब्रह्माण्ड की चाह को पा लेना है। यह रात मेरे समस्त जीवन पर चाँदनी की तरह छायी रहेगी।"

गंगा में निर्मल होकर अर्जुन ने ज्योंही अपनी देह पोंछी, उसे लगा उसने पूरी रात गमछे की तरह धोकर झाड़ ली है। उलूपी की देह पहली स्त्रीदेह थी। उसे देह ही से भोगा, आत्मा से नहीं। भोगना दोनों को ही है, चाहे आत्मा हो चाहे देह। पर देह ऊपर नहीं है, अमर तो आत्मा ही है।

अर्जुन ने गंगा को अर्घ्य देकर प्रणाम करके कहा, "माँ, तुम्हारा पुत्र भटककर फिर तुममें आ गया है निर्मल होने, पावन होने, मुक्त होने। मेरा अर्घ्य स्वीकार करो।"

गंगा ने अर्जुन के पाँव जैसे बाँध लिये थे। नीचे खिसकती रेत उसे और बाँध रही थी। मन-ही-मन अर्जुन ने कहा—देह का मिलन आत्माओं के मिलने का एक पथ है, मिलन नहीं। निश्चय ही स्त्री देह सृष्टि का एक अपूर्व आश्चर्य है। आत्मा से होकर जो राह स्त्री के संसर्ग तक जाती है, वही प्रेम है। प्रेम के बिना संसर्ग में कोई सुख नहीं। कोई तृप्ति नहीं। कोई पूर्णता नहीं। मेरी कृष्णा दूसरे पुरुषों के साथ रहकर भी सिर्फ़ मेरी ही है। यह मैं उलूपी के संसर्ग में आये बिना कैसे जान पाता? उलूपी, मैं तुम्हारे निमन्त्रण को धन्यवाद देता हूँ। स्वेच्छा से मैंने उलूपी का संग नहीं किया। न करके मैं पाप का भागी न होना चाहता था। पर समुद्र में स्वयं जाकर तैरने और किसी नियति द्वारा धकेल दिये जाने में अन्तर तो है ही। समुद्र

में डूबने के बाद मनुष्य बाहर निकलने को आतुर होता है। पर स्वयं समुद्र में प्रवेश करने पर उसका मन बाहर निकलने को नहीं करता। पर क्या देवी द्रौपदी मेरी इस ऊहापोह को समझ लेगी?

गंगा की बयार गंगा से बाहर भी झूम रही थी। अर्जुन अपने स्थान पर पहुँचा तो देखा सभी ब्राह्मण और ऋषि चिन्ता में थे। उन्होंने रात न आने का कारण पूछा। अर्जुन ने सब सत्य कह दिया। कोई भी चकित न हुआ। धर्मराज युधिष्ठिर के अनुज से झूठ की अपेक्षा कौन कर सकता था। अर्जुन ने सबके साथ मिलकर अग्निहोत्र किया। ऋषियों से कई वार्ताएँ सुनीं। उसके मन में कहीं कोई विकार या अपराध बोध न था। देह निश्छल थी, जैसे कहीं कुछ न हुआ था।

अर्जुन को गंगा बहुत प्रिय थी। वहीं रहकर यज्ञ हवनादि में समय व्यतीत होने लगा। रोज प्रातः गंगा की तरफ़ उठते पग अर्जुन में उत्साह भर देते। गंगा अपनी गोद में लेकर झुलाती रहती। गंगा की एक-एक बूँद अर्जुन थी। देह पर मोती न्यौछावर करती रहती। एक दिन अर्जुन ने सोचा—कितनी सुन्दर है प्रकृति? कितनी सुन्दर है धरा? कितने सुन्दर हैं पहाड़? सभी देखना चाहिए। सभी देखूँगा। मन में घुमक्कड़ी की और पृथ्वी का कोना-कोना देखने की छू लेने की जी लेने की एक उद्दाम इच्छा जगी। गंगा से जुड़े सारे स्थान देखने की लालसा मानो लहू में बहने लगी।

इन्द्रप्रस्थ में देवी द्रौपदी युधिष्ठिर के साथ बैठी थी। युधिष्ठिर उसे जुए का कोई दाँव समझा रहे थे। दोनों ही बड़ी तन्मयता से पासों पर दृष्टि गड़ाये थे। सान्त्वना ने भीतर आकर देखा और कहा, "महाराज, वीर अर्जुन का समाचार लेकर कोई दूत आये हैं।"

युधिष्ठिर ने कहा, "भीतर लिवा लाओ सान्त्वना।" जाते-जाते सान्त्वना ने देखा देवी के हाथ से पासे छूट गये हैं।

प्रहरी ने भीतर आकर आगन्तुकों को महाराज युधिष्ठिर के सम्मुख लाकर खड़ा कर दिया। महाराज ने पूछा, "कहिए क्या समाचार है?"

दूतों ने कोई भूमिका बाँधे बिना कहा, "महाराज, वीर अर्जुन नागराज कन्या

उलूपी के आग्रह पर उसके साथ एक रात व्यतीत करके हिमालय की तरफ़ चले गये हैं। वहाँ वह स्थान-स्थान पर यज्ञादि करते हुए समुद्र-तट पर जाकर फिर दक्षिण की तरफ़ जाएँगे।"

महाराज युधिष्ठिर ने थोड़ा विराम देकर पूछा, "वह कुशलपूर्वक तो है न?"

"जी महाराज, यही संवाद सुनाने हम प्रस्तुत हुए हैं।"

युधिष्ठिर ने कहा, "इसके बाद भी समाचार देते रहोगे।"

"जो आज्ञा" कहकर सब चले गये। उनके जाते ही द्रौपदी ने युधिष्ठिर से कहा, "महाराज, मैं अपने महल में जाने की अनुमति चाहती हूँ।"

"जाओ देवी, पर खेल तो अधूरा ही रहा।"

द्रौपदी ने कहा, "यह खेल मुझे भाता नहीं है। लगता है मैं कभी भी यह दाँव-पेंच सीख न पाऊँगी।"

युधिष्ठिर ने हँसकर कहा, "उतना बुरा भी नहीं है देवी। पर फिर कभी इच्छा हो तो यत्न करना।"

युधिष्ठिर भी एकान्त चाहते थे। द्रौपदी के जाते ही चिन्ता में डूब गये। कौन है यह उलूपी? क्या यह सब अर्जुन की इच्छा से हुआ होगा? क्या हमारे परिवार में कुछ गलत हो गया? क्या द्रौपदी को प्राप्त न करने से ही अर्जुन भटक रहा है? क्या द्रौपदी को देखने के बाद हम ही अपने मन पर क़ाबू न रख सके? जब चार बरस तक द्रौपदी हमारी पत्नी न होगी तो क्या हम भी किसी उलूपी के संग रात्रि व्यतीत कर सकेंगे?

"नहीं।" युधिष्ठिर ने काँपकर कहा, "ऐसा कभी नहीं होगा।" फिर उन्होंने घबराकर आस-पास देखा। कहीं कोई सुन तो नहीं रहा। प्रभो, कहीं कुछ गलत हो गया। पता नहीं अभी क्या-क्या समाचार आएँगे?

अपने कक्ष में जाकर द्रौपदी औंधे मुँह पलंग पर गिर गयी। एकदम जड़ हो गयी द्रौपदी। न रो सकी न ही कुछ सोच सकी। एक तीव्र वेदना आग की लपट की तरह उसके मन से निकलकर मस्तिष्क तक उठने लगी। उसने दोनों हाथों से अपनी कनपटियों को कसकर पकड़ लिया। पर पीड़ा बढ़ती ही गयी और द्रौपदी चेतनाशून्य हो गयी।

द्रौपदी के कक्ष का द्वार खुला देखकर उधर से निकलती सान्त्वना ने सोचा, युधिष्ठिर के कक्ष से इतनी शीघ्र कैसे आ गयी देवी। वो शीघ्रता से भीतर आयी तो देखा द्रौपदी अपने पलंग पर बेसुध पड़ी है। आधे बाल उसकी देह के नीचे हैं, आधे पलंग के नीचे। मस्तक पसीने की बूँदों से यूँ दिखाई देता है जैसे मोती जड़े हों। साँस के आने का पता सिर्फ़ उसके वक्ष के उतार-चढ़ाव से चल रहा है। सान्त्वना घबरा गयी। कुछ पल तो वह अपने स्थान पर जड़-सी हो गयी। फिर उसने सोचा। यहाँ इसकी बीसियों दासियाँ हैं पर सखी तो मेरे सिवा और कोई नहीं है। उसे रुलाई

आने लगी। क्या करूँ? इसे इसी तरह आराम करने देना उचित होगा या जगाना चाहिए? उसने घबराकर इधर-उधर देखा। कहीं कोई न था। एक अस्फुट-सा स्वर द्रौपदी के काँपते होठों से निकला। सान्त्वना ने तुरन्त द्रौपदी के पास जाकर उसके बालों पर हाथ फेरा।

"देवी, क्या हुआ? कृष्णा, इस समय यहाँ कैसे आयी।" उसने पूछा।

द्रौपदी ने आँख खोलकर सान्त्वना को देखा। पर अनचीन्ही दृष्टि से फिर सामने दीवार पर दृष्टि जमा ली।

सान्त्वना चिन्तित हुई।

द्रौपदी की दृष्टि में झाँका तो लगा वह पूछ रही है, 'कौन हो तुम?' सान्त्वना ने घबराकर कहा, "सान्त्वना को भूल गयी देवी। लो थोड़ा जल ग्रहण करो।"

जल ग्रहण करके द्रौपदी ने भर्राई आवाज़ में कहा, "सान्त्वना, मेरे वीर अर्जुन क़िसी उलूपी नाम की स्त्री के साथ रात्रि व्यतीत करके कहीं हिमालय में घूम रहे हैं।"

यह कहते ही द्रौपदी की हिचकियाँ बँध गयीं। उसने दोनों हाथों से सान्त्वना के हाथ पकड़ लिये और अपने-आपको रोते-रोते उसकी गोद में डाल दिया।

सान्त्वना ने अपनी सखी को रोने दिया। फिर कहा, "कृष्णा कुछ कहो, अपने मन की व्यथा बह जाने दो। यहाँ सिर्फ़ हम दोनों हैं और कोई नहीं है। होता भी तो तुम्हारी व्यथा न समझ पाता। बोलो सखी, बह जाने दो अपने शब्दों को अपने आँसुओं की बाढ़ में।"

सान्त्वना ने माँ की तरह द्रौपदी का मुँह पोंछा और बाल सीधे करने लगी। उसके बालों में उँगलियाँ फेरकर उलझनें निकालती सान्त्वना ने फिर कहा, "सखी कुछ कहो न।"

"यहाँ से चले गये बारह वर्षों के लिए। तुम क्या नहीं जानतीं, जाने से पहले विदा लेने आना भी ठीक न समझा। और आज यह समाचार। क्या अर्जुन नहीं जानता मैं यहाँ उसी के लिए तो हूँ। द्रौपदी आज सिर्फ़ युधिष्ठिर की महारानी हो गयी। क्या अर्जुन की कुछ नहीं हूँ मैं? सान्त्वना, हिंडोले की तरह अवधि में यन्त्रवत् घूमती क्या मैं द्रुपदकन्या हूँ। क्या मैं इसीलिए पैदा हुई। अर्जुन ये क्या किया, क्या किया तुमने? मेरा जीवन ही रणक्षेत्र बना दिया। जीवन के रणक्षेत्र में न कोई हारता है न जीतता है। सिर्फ़ लड़ता है, युद्ध करता है। निरन्तर युद्ध। युद्ध में तो मनुष्य जीतता भी है, पर जीवन के युद्ध में नहीं। मैंने तो सोचा था अर्जुन को आँखों में बसा रखूँगी। पर जितनी देर काजल रहता है उतनी देर भी वे न रह पाये मेरी आँखों के सामने। आज मैं पूरी तरह बिखर गयी हूँ सान्त्वना! क्या करूँ? बन्धनों ने जकड़ लिया है। सबसे बड़े बन्धक हैं महाराज युधिष्ठिर। वे इतने अच्छे व्यक्ति हैं कि मैं कोई शिकायत भी नहीं कर सकती।"

सान्त्वना ने धीरे से कहा, "देवी, कुछ दिन माँ के घर चलें। तुम्हारा मन बदल जाएगा और महारानी भी खुश होंगी।"

द्रौपदी ने सिर उठाकर कहा, "कौन-से घर जाने को कहती हो सान्त्वना? कहाँ है घर? घर तो यही है। जहाँ कभी तो अर्जुन के आने की आशा है। अर्जुन के बिना घर नहीं होता सान्त्वना। अगर हो सकता तो मैं, मैं द्रुपद की राजकुमारी इतनी असहाय न होती। क्या करूँगी वहाँ जाकर। यहाँ पर अर्जुन के समाचार तो आते हैं। सान्त्वना, मैं दीवारों के बीच थोड़े से स्थान में फँस गयी हूँ। अब कोई उपाय नहीं है।"

सान्त्वना ने कहा, "देवी थोड़ा हाथ-मुँह धोकर स्वस्थ हो लो। महाराज युधिष्ठिर यहाँ आ सकते हैं।"

"सान्त्वना, तुमने बहुत अच्छा किया। याद करवा दिया मैं महारानी द्रौपदी हूँ। महाराज युधिष्ठिर की महारानी का अर्जुन से क्या सम्बन्ध? जिसे जी भरकर देखा ही नहीं, उसे बाँधकर रखना कहाँ हो सकता है? सिर्फ़ वह एक दृष्टि कहीं अटक कर रह गयी है। रह गया है उँगलियों में काँपता उनके उत्तरीय का छोर। कुछ मूक शब्द भी थे जिन्हें न अर्जुन वाणी दे सके, न मैं। चलो सान्त्वना, महारानी द्रौपदी का शृंगार करो। महाराज आते ही होंगे।"

महारानी द्रौपदी के बालों की कंघी करते-करते सान्त्वना ने सोचा, यदि विवाह बन्धन है तो मैं विवाह न करूँगी। सखी द्रौपदी के बच्चे ही मेरे बच्चे होंगे। मैं सखी को अकेला नहीं छोड़ सकती। महारानी माँ ने कितना विश्वास किया है मुझ पर। मैं इस पचड़े में नहीं पड़ूँगी।... बाल सँवारते-सँवारते सान्त्वना के हाथ से कंघी गिर गयी। उसे हँसी आयी। जब भी कृष्णा के बालों में कंघी करते समय कंघी गिर जाती थी तो महारानी कहती थीं–कृष्णा, आज ज़रूर कोई पाहुना आएगा।

अनायास ही द्रौपदी ने पूछा, "सान्त्वना, आज कौन आएगा?" दोनों ही हँस पड़ीं जैसे बचपन का कोई क्षण हाथ लग गया हो। द्रौपदी ने पूछा, "वह तुम्हारे कार्तिकेय का क्या हुआ? उसकी तुममें काफ़ी रुचि लगती है। हमेशा पीछे-पीछे आता रहता है।"

सान्त्वना ने कहा, "देवी, मुझे उसका उतावलापन अच्छा नहीं लगता।"

"तभी मेरे बालों को ज़ोर से पकड़कर सुलझा रही थी। ज़ोर से सुलझाने पर कोई उलझन नहीं सुलझती।"

सान्त्वना ने सोचा, मैं महारानी के बच्चे तो पालूँगी ही पर ब्याह भी कर लूँगी। यही ठीक है।

द्रौपदी ने मन-ही-मन सोचा–शीघ्र तैयार हो जाऊँ। महाराज आ गये तो आँखें लाल न होनी चाहिए। उसने सान्त्वना से कहा, "मेरा काजल ले आ। आँख में आँज लूँ।"

हिमालय की सुन्दर पर्वत-शृंखलाएँ अर्जुन की आँखों में ठण्ड भर रही थीं। एकदम ऊपरी शिखरों पर जमी बर्फ़ से ठण्डी हवा के झोंके आकर आँखों को सुख दे रहे थे। आँखें बन्द करने और खोलने में अर्जुन को बहुत अच्छा लग रहा था। इतना सुख है। हिमालय में देखो, देखते ही रहो, कभी मन न भरे। जैसे प्रेमी को देखते-देखते मन नहीं भरता। अचानक द्रौपदी का ध्यान आया। अब तक उसे उलूपी के संग रात व्यतीत करने की घटना पता चल गयी होगी। उलूपी के पुत्र होगा तो द्रौपदी का वह सपना भी भंग हो जाएगा। द्रौपदी का पहला पुत्र तो महाराज युधिष्ठिर से ही होगा। बच्चा आने से सब ख़ूब प्रसन्न हो जाएँगे। बच्चा आना जैसे जगत् का फिर भर जाना। द्रौपदी भी माँ बनकर पूर्ण तो होगी। कहते हैं माँ बन जाने पर स्त्री सिर्फ़ माँ बन जाती है, उसके बाक़ी रूप उसी माँ के विराट् में समा जाते हैं।

अर्जुन ने सामने देखा, बुरंच के वृक्ष पर तोता-मैना अपनी भाषा में ख़ूब बातें कर रहे थे। मैना बढ़-चढ़कर बोल रही थी। अर्जुन ने सोचा—शायद तोता किसी और मैना का संग कर आया होगा। अर्जुन मुस्कराया। देह की भाषा क्षणिक ही सही पर अमिट छाप छोड़ती है। अक्षरशः समझ में आती है। बोलने, सीखने, समझने की इच्छा जगती है। इसका प्रवाह गंगाजल न सही, पर भीगता तो है मनुष्य। उलूपी का क्षणिक सम्बन्ध ही कहाँ भूल पा रहा हूँ। इसी हिमालय पर ही कितनी बार वह द्रौपदी के संग आ खड़ी होती है। मैंने उलूपी को देखा ही कितना। और जितना देखा उसमें भी वह कितनी थी। अधिक तो द्रौपदी ही थी।...

अर्जुन तीव्रता से पहाड़ी की ढलान उतरने लगे। आँखों में ठण्डी बयार जल भर लायी थी। राह सूझ न रही थी। एक वृक्ष की टहनियाँ पकड़कर नीचे उतरने लगे तो देखा किसी पक्षी के बच्चे चौंककर चूँ-चूँ करते हुए मुँह खोल रहे हैं। चुग्गा लिए माँ आ गयी है। अर्जुन मन्त्रमुग्ध होकर बच्चों के खुले मुँह देखता रहा। यही तो सृष्टि है। यही है माँ का सारा बल दूध, चुग्गा! उलूपी का पुत्र भी ऐसे ही मुँह खोलकर दूध माँगेगा।

अर्जुन को स्मरण हो आया। माँ कुन्ती कहती थी, बचपन में मैं उसे चिढ़ाने के लिए छिप जाता था। वह खोजती-खीजती चिन्ता करती तो बहुत अच्छा लगता। कितनी-कितनी देर सामने न आता। वह रुआँसी होकर सबको पूछती तो बहुत खुश होता। माँ, मैं आजकल फिर छिप गया हूँ। कदाचित् यह कहना ठीक होगा कि भाग आया हूँ। भाग आया हूँ द्रौपदी की बहकती दृष्टि से, भाग आया हूँ युधिष्ठिर के चेहरे पर आती तृप्ति की लौ से, भाग आया हूँ भीम की आशा से और न जाने कितनी चीज़ों से भाग आया हूँ।

पता नहीं, कब तक भागता रहूँगा। यह स्त्री जो मेरे भाइयों को सन्तोष दे सकी है, मेरे मन में क्यों उपद्रव मचाती रहती है?

चूँ-चूँ की आवाज़ सुनकर अर्जुन ने देखा, चिड़िया आ गयी थी। अपनी चोंच बच्चों के खुले मुँह में डाल-डालकर चुग्गा खिला रही थी। कुछ गिर भी रहा था। अर्जुन मुस्कराकर पहाड़ी की ढलान उतरने लगा। उसकी घुमन्तू प्रवृत्ति से सभी परिचित हैं। पर यह भी जानते हैं कि वह यज्ञ में जरूर सम्मिलित होता है। अर्जुन के पग शीघ्रता से उठने लगे। फिर राह के सिवा दृष्टि में कुछ न रहा।

यज्ञ की ओर से आती हवनकुण्ड की सुगन्ध और मन्त्रों के स्वर जंगल को चीरते हुए चले आ रहे थे। अर्जुन तीव्रता से आश्रम की ओर बढ़ने लगा।

हिमालय ऐसा नहीं है कि वहाँ से जी कभी उचाट हो। उसका नित नया रूप, रंग बदलता स्वरूप हर मोड़ पर नयी आभा, कभी यह दृश्य कभी वह दृश्य, नित नवीन छटा—मनुष्य को वहाँ से निकलने नहीं देती।

घुमक्कड़ी का यह सुयोग तो अर्जुन को अनायास ही मिल गया था। अर्जुन की इच्छा हुई—अपनी धरा के पोर-पोर को देखना चाहिए। हिमगिरि के बाद वहाँ के सभी तीर्थों के दर्शन करके अर्जुन नैमिषारण्य आये। हिमालय की पुत्रियाँ यहाँ-वहाँ राह रोके बह रही थीं। सभी नदियों में स्नान करके अर्जुन कलिंग पहुँचे। मन्दिर, मठ, आश्रम, तपोभूमि सब पैरों से नापते हुए। कलिंग के द्वार पर आकर कई सहायकों और विप्रों से विदा लेकर अर्जुन गिरि महेन्द्र होते हुए मणिपुर पहुँचे।

मणिपुर के मन्दिरों के दर्शन कर और यज्ञादि में लिप्त रहकर अर्जुन के मन की भटकन को थोड़ा विराम मिला। वहाँ के राजा चित्रवाहन का बड़ा नाम सुना था। एक दिन उनके दर्शन करने गये तो वहाँ की राजकुमारी चित्रांगदा को अर्जुन ने अचानक ही देख लिया। उस सुन्दरी को देखते ही अर्जुन ने जान लिया कि यह कन्या मेरी पत्नी बनने के योग्य है। उसने सोचा, मैं इससे विवाह करूँगा। विधिवत् महाराज से मिलकर राजकुमारी को माँगना होगा। यही उचित है। पर राजकुमारी की इच्छा कैसे जान पाऊँगा। यदि उसकी इच्छा न हुई तो अपमान होगा। पर समुद्र में कूदना है तो छलाँग लगा देनी चाहिए। समुद्र अपनी इच्छा से पात्र को डुबोकर या किनारे पर लगाकर बचा सकता है। हाँ, यही ठीक है। अर्जुन ने महाराज के पास जाकर अपना अभिप्राय बताया। राजा चित्रवाहन ने एक जिज्ञासु पिता की तरह पूछा, “आप किसके पुत्र हैं?”

अर्जुन ने कहा, “मैं कुन्तीपुत्र धनंजय हूँ। पाण्डवों में तीसरा भाई हूँ।”

महाराज चित्रवाहन ने विचार किया था कि मैं अपनी पुत्री का विवाह वहाँ करूँगा जहाँ जामाता मेरे घर में ही रहे। उसने अर्जुन को संक्षेप में बताया।

“हे धनंजय, बहुत दिनों पहले हमारे कुल में प्रभंजन हुए थे। उनके कोई सन्तान न थी। उन्होंने शिव की आराधना करके उन्हें प्रसन्न किया। शिव आशुतोष ठहरे। उन्होंने वरदान दिया, तुम्हारे कुल में सदा एक सन्तान होगी ताकि वंश नष्ट न हो। तब से हमारे कुल में एक ही सन्तान होती है। मेरे भी यही कन्या चित्रांगदा

है। इसे मैंने हमेशा पुत्र ही समझा है। यदि आप इससे उत्पन्न पहला पुत्र मुझे दे दें, जो मेरा वंश चलाये, तो मैं अपनी पुत्री का हाथ आपके हाथ में दे दूँगा।" अर्जुन ने कहा, "ठीक है, ऐसा ही होगा।"

महाराज चित्रवाहन ने अपनी पुत्री का ब्याह बड़ी धूमधाम से अर्जुन के संग कर दिया। इसके बाद अर्जुन तीन वर्ष तक मणिपुर में ही रहे। जब पुत्र पैदा हुआ तब अर्जुन ने अपनी पत्नी से कहा, "चित्रांगदा, यह पुत्र हमारा नहीं इस राज्य का है।" अपने पति से यह बात सुनकर चित्रांगदा को बड़ा सन्तोष हुआ। उन्होंने राजकुमार का नाम बभ्रुवाहन रखा। अर्जुन ने चित्रांगदा से कहा, "प्रिये जब तक तुम इसे बड़ा करोगी, मैं तीर्थयात्रा पर जाना चाहता हूँ।"

चित्रांगदा ने उदास होकर कहा, "क्या मैं आपके साथ तीर्थाटन पर नहीं जा सकती?"

अर्जुन सोच में पड़ गया। उसने कहा, "बभ्रुवाहन अभी बहुत छोटा है। वनवास की अवधि समाप्त होने तक यह बड़ा भी हो जाएगा और उसे यह भी मालूम हो जाएगा कि वह यहाँ का राजकुमार है, तब तक तुम्हारा इसके साथ रहना ही उचित है।"

"जो आज्ञा", कहकर चित्रांगदा ने कहा, "तीर्थ यात्रा से शीघ्र लौटिएगा।"

अर्जुन ने कहा, "देवी, यह देश इतना सुन्दर है कि हर स्थान देखने की इच्छा होती है। यहाँ हर प्रदेश की अपनी भाषा, अपनी संस्कृति, अपना पहनावा, अपना सौंदर्य, अपनी विशेषता है। मैं तो चाहता हूँ कि हर प्रदेश में जन्म लूँ और उसे अपनी मातृभूमि की तरह जानूँ। मुझे पृथ्वी से बड़ा मोह है चित्रांगदा।"

चित्रांगदा मोहित होकर अर्जुन को देख रही थी। अर्जुन ने विदा लेते समय पत्नी से कहा, "देवी, एक बात हमेशा स्मरण रखना। बभ्रुवाहन के पिता महाराज चित्रवाहन हैं और माँ महारानी।"

अर्जुन तीर्थाटन पर चले गये। अर्जुन की इच्छा दक्षिण में जाकर ऋषियों के आश्रम, पुण्यस्थल, मन्दिर आदि देखने और वहाँ की नदियों में स्नान करने की थी। राह में उसे बार-बार चित्रांगदा का स्मरण होता रहा। मन-ही-मन अर्जुन ने सोचा, यदि

द्रौपदी से पहले चित्रांगदा से मिला होता तो और कोई कामना न करता। जब चित्रांगदा 'जो आज्ञा' कहती है तो प्रतीत होता है मैं इस सुन्दर भारत देश का एकमात्र शासक हूँ। पर मेरे इस अपने भारत देश पर द्रौपदी एक उजाले की तरह छायी हुई है, और इस आकाश पर कभी रात्रि नहीं आती। पूरे अस्तित्व को अपने घेरे में लेनेवाली मेरी द्रौपदी अब तुम माँ होकर वह चाव से भरी छोटी बच्ची नहीं रहीं, जिसने राह में मेरा उत्तरीय थामा था।

अर्जुन ने दक्षिण के तीर्थों के बारे में कई बार सुना था। एक स्थान पर पूर्वकाल से कई ऋषियों, तपस्वियों ने वहाँ तपस्या करके उसे पावन बना दिया था। वहाँ पाँच तीर्थ परम सुन्दर स्थान पर बने हुए थे। इतना रमणीक एकान्त स्थान देखकर अर्जुन ने सोचा, यहाँ तपस्वी क्यों नहीं हैं? इतना उजाड़-सा क्यों है? इससे सुन्दर स्थान तपस्या के लिए और कहाँ हो सकता है? अर्जुन जिज्ञासावश वहाँ घूमते हुए यही बात जानने के लिए तपस्वियों से मिलने गये और उन्होंने ऋषियों से पूछा, "आपने पाँच तीर्थों की इस सुरम्य स्थिति से मुँह क्यों मोड़ लिया है? प्रकृति की गोद का इतना रमणीय कोना ख़ाली रहे, यह आश्चर्य की बात है।"

तपस्वियों ने बताया—"अर्जुन, उसका कारण है। यहाँ जल के भीतर घड़ियाल रहते हैं। जब भी कोई ऋषि यहाँ तपस्या करने आता है या जल में स्नान करता है तो घड़ियाल उन्हें जल में खींचकर ले जाते हैं। फिर बड़ी यातनाएँ देते हैं। इससे तपस्या भंग हो जाती है। तभी हमने वहाँ जाना छोड़ दिया है।"

अर्जुन ने सुना तो उसे एक चुनौती-सी लगी। उसने ऋषियों को प्रणाम करके उनसे विदा ली और फिर उसी स्थान पर जाकर जल में उतर गया। स्नान करते-करते अर्जुन तट के साथ अति प्रसन्नता से केलि कर रहा था। तभी एक घड़ियाल ने उसका पैर पकड़ लिया। इस तरह पैर पकड़े जाने पर अर्जुन ने उछल-कूद करके घड़ियाल को बाहर खींच लिया। जल से बाहर निकलते ही वह घड़ियाल एक सुन्दर स्त्री में बदल गया। इस अनुपम सुन्दरी स्त्री को देखकर अर्जुन आश्चर्यचकित रह गया। उसने पूछा, "सुन्दरी, तुम किस कारणवश जलचर बनकर इतने वर्षों से इस स्थान पर रहीं। क्या पूर्वकाल में किये पापों से यह दुर्गति हुई? कौन हो तुम?"

उस सुन्दरी ने विनम्रता से कहा, "मैं धनपति कुबेर की नित्यप्रिया वर्गा हूँ। मेरी और चार अति सुन्दर सखियाँ इस स्थान पर जलचर होकर जी रही हैं। हमसे बहुत बड़ा अपराध हुआ था। हम सखियाँ एक समय मार्ग से कहीं जा रही थीं तो हमने एक बहुत सुन्दर तपस्वी को तपस्या में लीन देखा। उसके आस-पास का सारा वनप्रदेश जैसे उसकी आभा से आलोकित हो रहा था। उसे देखकर हम सब मुग्ध हो गयीं और काम के वशीभूत होकर उसे लुभाने लगीं। हम हर तरह का कौशल करके हार गयीं, पर तपस्वी को आकर्षित करने में सफल न हुईं। तत्पश्चात् उस ब्राह्मण तपस्वी ने हमें शाप दिया कि तुम सौ वर्ष तक यहीं घड़ियाल होकर रहो।

हम सभी तुरन्त उससे क्षमा माँगती हुई उसकी शरण में जाकर उसके चरणों में गिर पड़ीं। हमने कहा, शरणागत की रक्षा करना महान् व्यक्तियों का धर्म होता है। आप हमारे पापों को क्षमा करें। हमारी बहुत अनुनय-विनय के बाद उन्होंने कहा, जब कोई श्रेष्ठ नर आपको जल से खींचकर बाहर ले आएगा, तब आप अपना वास्तविक स्वरूप पा जाओगी।

इसके पश्चात् हमें नारदजी ने आकर कहा, आप दक्षिण समुद्र तट के समीप पंचतीर्थ के जलाशयों में जाकर रहो। वहीं पाण्डुकुमार वीर अर्जुन आकर आपका उद्धार करेंगे। मेरी चार सखियाँ अभी जलाशय में ही हैं। हे धनंजय, आप उन्हें भी इस घड़ियाल योनि से मुक्त करें।" अर्जुन बारी-बारी से सबको ऊपर खींच लाये। सभी सुन्दर स्त्रियाँ उनका उपकार मानती हुई वहाँ से प्रसन्नचित्त चली गयीं।

उसके पश्चात् तपस्वियों ने वहीं आकर तपस्या करनी शुरू की और अर्जुन को आशीर्वचन कहे।

तीर्थस्थान देखने और घूमने की अर्जुन की लालसा बढ़ती ही चली गयी। उसने सोचा, यह वनवास तो देव का प्रसाद है। अगर मैं इन्द्रप्रस्थ में ही होता तो द्रौपदी के साथ अपनी अवधि आने के दिन गिनता रहता या दुखी होता रहता। वह स्थिति बड़ी दुर्भाग्यपूर्ण थी। न जी सको न मर सको। बस एक अपराध बोध के पहाड़ तले दबे रहो। पर उस स्थिति के लिए मैं अपने-आपको ही सबसे बड़ा दोषी पाता हूँ। मैं दृढ़ रहता तो क़ौन मेरी पत्नी को बाँट सकता था। तब न कहीं उलूपी होती न चित्रांगदा।

उलूपी का संग तो धर्मसंकट में हुआ। पर झूठ क्यों कहूँ? चित्रांगदा को देखते ही लगा था यह मेरी पत्नी होने योग्य है। उसके जैसी पत्नी सौभाग्य से मिलती है।

अर्जुन को विचार आया—क्या मैं सच में भटक गया हूँ? आज यहाँ कल वहाँ, स्त्रियों के प्रति बढ़ता लालच मोह, यह सब क्या है? कहीं मैं प्रतिशोध तो नहीं ले रहा? कहीं द्रौपदी को यह तो नहीं दिखा देना चाहता हूँ कि एक से एक सुन्दर स्त्री मेरी चाह करती है। कोई भी स्त्री मुझे नकार नहीं सकती। मैं इस युग का सबसे श्रेष्ठ धनुर्धारी अर्जुन हूँ। अर्जुन—द्रोण का प्रिय शिष्य!

चलते-चलते अर्जुन एक वृक्ष के तने पर बैठ गया। फिर अनायास ही फूट-फूटकर रोने लगा। क्यों रोया, यह तो जान न पाया। पर एकान्त में घने जंगल के एक वृक्ष के मोटे तने पर बैठकर रोने से उसके मन में घुमड़े दुःख के बादल बरसकर थोड़ा हल्का कर गये। सिर्फ़ अहंकार बना रहा। अर्जुन ने सोचा, अहंकार और स्वाभिमान की सीमा-रेखा कहाँ है? स्वाभिमानी तो मैं हूँ? पर अहंकारी भी हूँ।

तभी एक परिन्दा पेड़ से उड़कर आकाश में चला गया। अर्जुन ने सोचा शायद यह सब जानता होगा। द्रौपदी के बारे में अगर जानता होता तो ज़रूर पूछता। तब यह अहंकार कहाँ था जब तुम्हारी पत्नी का बँटवारा हुआ? उसके पाँच टुकड़े हो

गये। जब वह असहाय होकर आँखों-ही-आँखों में आर्तनाद करती पुकारती रही। तब मैं अनसुनी किये बैठा रहा? क्या नारदजी के आने से और सुन्द उपसुन्द की कथा सुनकर डर गया था मैं? या मेरे भाइयों के हृदय न मैले हो जाएँ इसीलिए चुप रहा। सुन्द उपसुन्द भी सगे भाई थे। उस अप्सरा के लिए कट मरे। कम-से-कम उसे बाँटा तो नहीं। मैं क्यों नहीं कट मरा अपनी द्रौपदी के लिए? कौन मुझे कुछ कहता? मैं ही कायर निकला। पर वास्तव में यह सब देवताओं की चाल थी। चालों के कुचक्र में देवताओं से आगे कोई नहीं जा सकता। अर्जुन ने विचार किया—क्या द्रौपदी के बँटने में भी देवताओं की कोई चाल हो सकती है? क्या उसे पाकर मैं अपना कर्तव्य भूल जाता? क्या मैं ऐसा अधम हूँ? नहीं ऐसा नहीं हो सकता था। द्रौपदी से तो मुझे बल ही मिलता। उसके न होने से मैं बलहीन हो गया हूँ। कायर हो गया हूँ। कृष्णा, मैं कायर भी तुम्हारे ही लिए हुआ हूँ। उलूपी ने मेरे संयम का बाँध तोड़ दिया। चित्रांगदा उस बहाव में एक ठहराव लाने में सफल हुई है पर बाँध को तो तुम्हीं बाँधकर रखने में सक्षम थीं। कहाँ हो कृष्णा, इस समय मेरे किस भाई के पार्श्व में हो? यह सोचकर अर्जुन फिर एक पेड़ से लगकर फूट-फूटकर रो पड़ा। ... कृष्णा, कहीं से भी हो आऊँ। मुझे शान्ति सिर्फ तुम्हारे पार्श्व में मिलती है। कदाचित् मैं हर तरफ़ इसीलिए घूमता हूँ कि तुम्हारे पास आकर फिर शान्ति पा सकूँ। क्यों इतना अशान्त हो गया हूँ मैं? क्यों बिखर रहा हूँ?

इन्द्रप्रस्थ में द्रौपदी ने सुना था उलूपी के पुत्र हुआ है। तब उसे अधिक कष्ट न हुआ। फिर सुना चित्रांगदा के भी पुत्र हुआ है। ओह यह क्या हो रहा है? मेरा पुत्र होता अर्जुन से—अंर्जुन-जैसा छोटा अर्जुन। उसने कक्ष में खेलते बच्चों को देखा, किसी में भी अर्जुन का कोई साम्य न था। युधिष्ठिर का पुत्र निरा अपने पिता पर था। वो वहीं खड़ा ठुनक रहा था। उसने उसे उठाकर चूमा, फिर कन्धे से लगाकर आँखों में आती आँसुओं की बाढ़ को पी लिया। बालक ने माँ के सान्निध्य में उसका काँपता हृदय सुनकर पूछा, "माँ क्या हुआ?" द्रौपदी उसे थपथपाने लगी और फिर बोली, "तुम बड़े हो गये हो न... अब मेरे पास नहीं आते।" पुत्र थोड़ा हैरान हुआ। फिर बोला, "माँ, मैं तो तुम्हारे पास ही होता हूँ। सान्त्वना मौसी सबको डाँटती रहती

है। फिर कहती है माँ को बोल दूँगी। पर तुम तो मेरी माँ हो न, मौसी क्यों ऐसे डाँटती है?"

द्रौपदी सिर्फ़ यह सोच रही थी—अर्जुन पिता हो गये, मैं माँ न हुई।

सान्त्वना ने भीतर आते सुना, "मैं माँ न हुई।" उसने घबराकर पूछा, "देवी स्वस्थ हो?"

द्रौपदी ने आँखें खोल विस्मित होकर सान्त्वना को देखा, फिर संयत होकर कहा, "इन बच्चों की माँ तो तुम हो, मेरे पास कहाँ आते हैं।"

"देवी बलशाली भीम के पुत्र को जन्म देने के बाद तुमने मुझ पर यह उपकार किया है कि मेरा एक क्षण भी मेरा नहीं रहा। तुम्हारे दूसरे पुत्र मुझे तंग नहीं करते पर यह तो सारा दिन मुझसे प्रश्नोत्तर करता रहता है। जो पुत्र अब तुम पैदा करोगी उसे मैं शुरू से ही हाथ के नीचे रखूँगी।"

द्रौपदी को हँसी आ गयी। उसने कहा, "मेरे पेट में बेटा ही है, ऐसा तुम कैसे कह सकती हो?"

"वही लक्षण हैं सारे जो हमेशा होते हैं। मक्खन खाती हो और झट से बेटा जनती हो।"

"तो क्या मलाई खाने पर बेटी पैदा करूँगी?" दोनों सखियाँ हृदय खोलकर हँस पड़ीं। द्रौपदी ने बड़े प्यार से सान्त्वना से कहा, "मेरी बहन, तुम क्यों कार्तिकेय को इतने चक्कर कटवा रही हो? कहो कब तुम्हारा ब्याह कर दूँ?"

"आर्य भीम का पुत्र ज़रा बड़ा हो जाए तो फिर सोचूँगी। तुम्हें तो वह मानता नहीं और मेरी दण्ड बैठक करवाता रहता है। वह कक्ष में आता है तो मैं घबरा जाती हूँ। उसके आदेश क्या कम होते हैं? एक पल चैन नहीं लेने देता। अब तुम्हारा आनेवाला बेटा भी ज़रा बैठने लायक होगा तब ब्याह के बारे में सोचूँगी। तुम अर्जुन के बच्चे की माँ बनोगी तो उसे सँभालना। वह अपने बाप की तरह धैर्यवान होगा।"

द्रौपदी एकदम उदास हो गयी। उसने कहा, "अर्जुन के दो पुत्र हो गये सान्त्वना।"

"जानती हूँ महारानी।"

"सोचा था हम एक मार्ग से बहेंगे। पता नहीं कब मार्ग अलग हुआ?" द्रौपदी ने एकदम भावुकता को द्वार से मोड़ दिया। और सान्त्वना से कहा, "सान्त्वना तुम्हारे बच्चे होंगे तो मैं पालूँगी। मुझे बच्चे जनने का अभ्यास हो गया है अब पालने का सुख पाना चाहती हूँ।"

"कृष्णा, स्त्री को बच्चा पैदा करने के लिए सिर्फ़ पुरुष का संग करना पड़ता है। उसे पैदा करना, बड़ा करना, मनुष्य बनाना तो स्त्री का ही काम है। माँ की गोद में बच्चा ऐसे आता है जैसे टहनी पर फूल।"

द्रौपदी ने सान्त्वना को छेड़ते हुए कहा, "मेरे इन बेटों से तुम्हें कार्तिकेय के

पास बैठने का समय कहाँ से मिलता है? आजकल बड़ी बुद्धिमानी की बातें करने लगी हो।"

"धन्य हो देवी, सारा दिन इन बच्चों को खिलाते, बहलाते, नहलाते बीत जाता है। कार्तिकेय को देखने का समय भी है मेरे पास? भीम का पुत्र तो खाते-खाते नाक में दम कर देता है। सारा दिन ये ला, वो ला, मौसी दे न खाने को करता रहता है। धन्य है इसकी भूख! स्वाद का उतना लालच नहीं जितना पेट भरने का है। पेटू कहीं का।"

द्रौपदी ने हँसकर कहा, "चलो हटो, मेरे पुत्र का भोजन गिनती रहती हो। मैं भी सोच रही थी यह दुबला क्यों हो रहा है।"

"हाँ देवी, नजर तो उसे मेरी ही लगेगी। और पुत्र ही नहीं पिता को भी हमारे व्यंजन बहुत पसन्द हैं। वे चाहते हैं मैं ही बनाऊँ। मेरा एक चक्कर पाकशाला में और दूसरा बच्चों के पास। यहाँ ब्याह की किसे सूझती है? अब कार्तिकेय को लगने लगा है मैं ब्याह नहीं करूँगी।"

"ऐसा नहीं करना सान्त्वना, उसका हृदय टूट जाएगा।"

"हृदय तो उसका टूटता है ये समाचार सुनकर कि तुम अब एक और पुत्र की माँ बननेवाली हो।"

द्रौपदी सुख से मुस्करायी।

अर्जुन ने यज्ञ करने के उपरान्त पूर्णाहुति दी और हाथ जोड़कर आँखें मूँद लीं। उसने देखा, एक पौधा जो कभी अंकुर था बड़ा होता-होता विशाल वृक्ष हो गया है। कितनी शाखाएँ, कितनी टहनियाँ, कितने पत्ते, कितने घोंसले, कितने फल। वृक्ष मानों बाँहें फैला-फैलाकर उन्हें बुला रहा है। अर्जुन ने मन-ही-मन उस वृक्ष को प्रणाम किया। फिर एक अँगूठे पर सामग्री लगाकर अपने माथे पर तिलक किया। उसे ध्यान आया, मैंने कितनी बार कल्पना की थी—युद्ध से लौटूँगा तो द्रौपदी अपने हाथों से आरती उतारेगी। चन्दन का तिलक लगाकर सारी देह सिहरा देगी। एक स्वप्न था जो स्वप्न में ही विलीन हो गया।

अर्जुन ने ब्राह्मणों और ऋषियों को प्रणाम करके आकाश को देखा। वहाँ उठता

धुआँ फैलकर कहीं विलीन होता जा रहा था। सामग्री की सुगन्ध से पूरा वातावरण पावन हो रहा था। यज्ञमण्डप से अधजली लकड़ियों के टूटकर काँच चटखने की आवाज़ें आ रही थीं। आग की आँच अभी सब जगह व्याप्त थी। सबको प्रणाम करके अर्जुन अपने कक्ष में गया। कमरे की उदासी अर्जुन ने भाँप ली। उसे लगा अब यहाँ से चलने के दिन आ गये लगते हैं। मन एकदम उचाट हो गया है। पता नहीं कैसी भटकन है यह। जब तक भागता रहता हूँ मन में एक ठहराव-सा रहता है। ज़रा-सा टिकाऊपन आते ही फिर भाग जाने की इच्छा होती है। क्या सारी आयु भागते ही बीतेगी। बारह बरस पूरे होते वहीं जाना है जहाँ से भागकर आया हूँ। सत्य से साक्षात्कार तो होगा ही। द्रौपदी प्रतीक्षा कर रही होगी। क्या पता भागने का शाप उसी ने दिया हो। उसे अधिकार है। जो भी शाप देगी मैं स्वीकारूँगा। माथे पर चन्दन के टीके की तरह सजाऊँगा। उसका दोषी तो मैं हूँ!...

ये जीवन नहीं है। मन होता है गाण्डीव के सारे बाण बरसा दूँ, पर किस पर? किसको घायल करूँ? अर्जुन को क्रोध आया और सारे शरीर में व्याप्त हो गया। वह काँपने लगा। उसे आभास हुआ जैसे उसके भीतर का सारा आक्रोश रोम-रोम से निकलकर बाहर आ रहा है। अर्जुन को ध्यान आया एक बार चित्रांगदा के पास चलना चाहिए। बभ्रु अब बातें करने लगा होगा। महाराज को पिता कहेगा और महारानी को माँ। यह सुनकर मैं निश्चिन्त हो जाऊँगा। पर अभी कई और स्थान देखने हैं। एक बार चित्रांगदा को मिल आऊँ तो कम-से-कम अपराध बोध से बच जाऊँगा।...

मणिपुर की हरीतिमा देखते ही अर्जुन का मन प्रफुल्लित हो गया। हरे रंग के कितने ही विविधरूप हल्का हरा, गहरा हरा, गाढ़ा हरा, मूँगिया हरा, हरा-ही-हरा। अर्जुन मुग्ध होकर देखने लगा। एकदम उसे इनमें अपने पुत्रों के चेहरे नज़र आने लगे। इरावान को तो शायद फिर कभी न देखूँ। पर बभ्रुवाहन को अवश्य देखूँगा। जब आया था तब तुतलाता था। अब अवश्य स्पष्ट बोलता होगा। बड़ा हो गया होगा। इरावान तो सिर्फ़ उलूपी का पुत्र है, उसकी इच्छा से धरती पर आया है। मैं तो निमित्त हूँ, पर पुत्र तो मेरा ही कहलाएगा।...

बभ्रुवाहन के विषय में विचार करते-करते प्रफुल्लित होता रहा अर्जुन। मन-ही-मन उसकी बातें स्मरण करता रहा। अब कैसा होगा? यह सोचता जा रहा था तो उसने पाया वह मणिपुर में राजमहल के द्वार पर खड़ा है। सब स्वागत करने को आ गये हैं। अर्जुन एकदम प्रसन्न हो गया। चित्रांगदा अर्जुन को देखकर कमलिनी की तरह खिल उठी। अर्जुन इस तरह आ जाएँगे उसने कल्पना ही न की थी। बभ्रुवाहन आश्चर्यचकित होकर अर्जुन को देख रहा था। बाँस से बना अपना धनुष-बाण उसने अर्जुन को देकर कहा, "लो।" और खिलखिलाकर हँस पड़ा। अर्जुन ने सोचा, मेरा पुत्र धनुष-बाण से ही तो खेलेगा।

चित्रांगदा ने मुस्कराकर कहा, "बाँस का धनुष इसे पिताजी ने दिया है। और किसी खिलौने के साथ यह नहीं खेलता।"

अर्जुन प्रसन्न हुआ। उसने हाथ में धनुष-बाण लेकर कहा, "प्रत्यंचा खींचोगे?"

बालक एक जिज्ञासु की तरह देखने लगा। फिर उसने माँ से पूछा, "चित्ता ये तोन है?"

चित्रांगदा ने उसे गले से लगाकर कहा, "ये अर्जुन हैं।"

बालक अर्जुन के हाथ से धनुष-बाण लेते हुए बोला, "ये मेला है।"

अर्जुन ने मुस्कराकर कहा, "ये तुम्हारा ही है। हमें नहीं दोगे?"

बभ्रुवाहन ने कहा, "नहीं, तुम जाओ।"

अर्जुन ने उसे उठाया, प्यार किया और कहा, "हम तुम्हारी माँ से मिलने आये हैं।" यह कहते ही अर्जुन को अपनी त्रुटि का आभास हुआ। बभ्रुवाहन ने कहा, "माँ उदर है। ये चित्ता है।"

अर्जुन प्रसन्न हुआ। चित्रांगदा ने बभ्रुवाहन को समझा दिया था कि उसके माता-पिता कौन हैं?

अर्जुन कुछ दिन वहाँ रहा। तो उसने यह जाना कि बालक को अभी चित्रांगदा की बड़ी आवश्यकता है। भावनात्मक तरीके से वह उसी से जुड़ा है। महाराज और महारानी की राजकाज में लगे रहने पर आयु भी बढ़ रही है। चित्रांगदा इस विषय में कुछ न कहे, पर वह बालक के संग ही रहना चाहती है। कुछ दिन वहाँ रहकर एक दिन अर्जुन ने चित्रांगदा से कहा, "अभी, हमारी तीर्थयात्रा और यायावरी समाप्त नहीं हुई। बीच में तुम्हें देखने की इच्छा हुई। यहाँ आकर पाया, बभ्रु अभी बहुत छोटा है। इसे तुम्हारी आवश्यकता है। जब भैया युधिष्ठिर राजसूय यज्ञ करेंगे तब तुम पिता के साथ इन्द्रप्रस्थ आना। अभी हमें कई और स्थान देखने हैं। फिर पता नहीं ऐसा सुअवसर मिले या न मिले। चित्रा, यह धरा इतनी सुन्दर है कि जी करता है घूमता ही रहूँ। कहीं कोई स्थान दूसरे से नहीं मिलता और हर स्थान अद्‌भुत है।"

चित्रांगदा उदास हो गयी पर उसने विचार करने के बाद कहा, "जैसी आपकी इच्छा।"

अर्जुन ने भी कुछ अनमने हृदय से विदा ली और मार्ग पकड़ लिया। मन में सोचा, यही जीवन-यात्रा है। जैसे राह में इतने सुन्दर वृक्ष, अद्‌भुत दृश्य, पहाड़, नदियाँ और उपत्यकाएँ छूट जाती हैं वैसे ही अपने बहुत प्रिय भी किसी-न-किसी पड़ाव पर रह जाते हैं। अब पता नहीं मणिपुर कब आ पाऊँगा?

दक्षिण में समुद्र के उत्तरवर्ती तीर्थों की यात्रा करके अर्जुन पश्चिमी समुद्र के तटवर्ती तीर्थों की यात्रा पर निकल गया। तत्पश्चात् वह प्रभास क्षेत्र में पहुँचा। प्रकृति के पास उठते-बैठते, सोते-जागते, पैदल चलते जैसे वह भी प्रकृति का एक हिस्सा हो गया था। जैसे-जैसे वनवास के दिन समाप्त होते जा रहे थे अर्जुन के मन में

एक उदासी सिर उठा रही थी। मुक्त था अर्जुन। एकदम मुक्त। अपने आश्रम में बैठकर, इसी बात पर विचार कर रहा था। अर्जुन इन दिनों प्रभास क्षेत्र में था। उसे वहाँ भगवान् कृष्ण के आने का समाचार मिला। दूतों से समाचार सुनकर उसे लगा—इसी समाचार की तो प्रतीक्षा कर रहा था मैं। प्रकृति ने अपने आँचल में इस तरह कसकर लपेट लिया था कि यह ध्यान भी कहीं लुप्त हो गया कि मेरे परम सखा श्रीकृष्ण ही हैं। उन्हीं के सान्निध्य में मेरी भटकन समाप्त होगी। वहीं मेरी ऊहापोह के उत्तर मिलेंगे। वही बताएँगे—क्यों हमेशा अपराधबोध रहता है मुझे! क्यों हमेशा लगता है द्रौपदी के टुकड़े मैंने ही किये हैं? ये विचार मन से हटता ही नहीं। भाग रहा हूँ—भाग रहा हूँ। किससे भाग रहा हूँ, यह मुझे कृष्ण ही बता पाएँगे। मेरे मन की यह भटकन चित्रांगदा भी दूर न कर सकी। मेरे धधकते हृदय पर उसने फाहा अवश्य रखा पर पीड़ा कम नहीं हुई। पीड़ा छुप गयी है। कहीं घर बनाकर बस जाने की इच्छा नहीं होती। जिस द्वार से भी भीतर जाऊँ, चौखट पर द्रौपदी को खड़ा पाता हूँ। एक साये की तरह रहती है वह मेरे साथ। क्या मैं उस साये से भाग रहा हूँ। या साया ही मुझे पकड़ना नहीं चाहता। कैसी दुविधा है। यह सिर्फ़ प्रेम की दुविधा नहीं हो सकती। यह अधिकार पर छापा पड़ने की दुविधा है। यह दुविधा असहायता की है। अपने भाई तो मुझे प्राणों से भी प्रिय हैं। पर द्रौपदी तो मैं स्वयं हूँ। मेरे प्राण हर लेते, पर मेरी द्रौपदी सिर्फ़ मेरी रहती। मैंने उसे भिखारी की तरह नहीं, एक वीर की तरह स्वयंवर में प्राप्त किया है। मैंने उसे क्यों बँटने दिया? यह सोचने का धैर्य मुझमें आज भी नहीं है। कौन रोकता है मुझे यह सब सोचने से? क्या माँ! हाँ माँ ही होगी।

अर्जुन की आँखें भरकर बहने लगीं। मन पर रखी चट्टान धीरे-धीरे पिघलने लगी। अर्जुन ने जल ग्रहण करके हाथ-मुँह धोया और कृष्ण की राह में आँखें बिछाकर बैठ गया। कभी भी आ जाएँगे कृष्ण। उस क्षण की प्रतीक्षा अर्जुन अपना रोम-रोम खोलकर करने लगा। मुँह से निकला, "कृष्ण, सखा पहले ही क्यों नहीं आ गये। तुम्हारा यह मित्र अर्जुन भाग-भागकर थक गया है!"

कृष्ण धीरे-से आकर द्वार पर खड़े हो गये। उन्होंने देखा अर्जुन की आँखें बन्द हैं पर मस्तिष्क पर बनती-बिगड़ती लकीरें उसकी सोच की चुग़ली खा रही हैं। अर्जुन की उदास भंगिमा ज्यादा देर नहीं देख सके कृष्ण। उन्होंने जाकर उसे एकदम गले से लगा लिया। अर्जुन बिना कुछ बोले रोते रहे। कृष्ण का उत्तरीय भीगकर टपकने लगा। उनके हृदय के एकदम पास अर्जुन का हृदय बवण्डर की तरह उछल-कूद कर रहा था। दोनों मित्र मौन में मुखर हो रहे थे। अर्जुन बार-बार कृष्ण को भींचकर फिर हिचकियों में डूब जाते! कृष्ण ने कहा, "अर्जुन, अब मैं आ गया हूँ। चिन्ता को त्याग दो।"

"कहाँ थे, कहाँ थे वासुदेव, अपने अर्जुन की सुध ही नहीं ली।"

कृष्ण हँसकर बोले, "तुम सारी पृथ्वी नाप रहे थे। मैंने सोचा, हम भी पृथ्वी पर हैं, हमारी ओर भी देख लोगे।"

अर्जुन ने कहा, "पहले ही आ जाते मित्र, विचारों में भी नहीं आये। स्वयंवर के समय सोचा था। द्रौपदी को लेकर आपके पास आऊँगा, पर वह अपने हिस्से में ही नहीं आयी। हिस्सों में ही बँट गयी मेरी कृष्णा। कृष्ण, मैं कायर निकला। मैं धनुर्धारी अर्जुन, मैंने अपनी द्रौपदी की पुकार भी अनसुनी कर दी। तब से भाग रहा हूँ उसकी दृष्टि से जो हर स्थान पर मेरा पीछा करती है। भाग रहा हूँ उसके प्रश्नों से जिनके उत्तर मेरे पास नहीं हैं। कभी-कभी लगता है मैं हत्या करके भाग रहा हूँ। बड़ा असहाय हो गया है अर्जुन। जो किसी के बाणों से पराजित नहीं हुआ वह कृष्णा के प्रश्नों से पराजित हो गया।"

कृष्ण ने अर्जुन के दोनों हाथ थाम लिये। फिर कुछ कहने को शब्द ढूँढ़ने लगे। क्या कहें जिससे अर्जुन शान्त हो जाए, जिससे अपराध-बोध पीछा छोड़ दे। फिर बोले कृष्ण, "शान्त हो जाओ अर्जुन! यह विधि का लिखा था। देवी द्रौपदी ऐसा नहीं समझतीं जैसा तुम सोच रहे हो। वह तुम्हारे लिए बड़ी चिन्तित रहती हैं। वह जानती हैं तुम लौटकर वहीं आओगे। बारह वर्ष बीतने को बहुत समय नहीं रह गया। युधिष्ठिर समेत तुम्हारे सभी भाई तुम्हारी प्रतीक्षा में दिन गिनते हैं। द्रौपदी का सभी बहुत ध्यान रखते हैं। द्रौपदी तुम्हें बिलकुल अपराधी नहीं समझती, तुम्हें भी अपने-आपको अपराधी नहीं समझना चाहिए।" कृष्ण ने अर्जुन को चुप देखकर आगे कहा, "अर्जुन, चुनौतियाँ तो बचपन समाप्त होते ही आरम्भ हो जाती हैं। चुनौतियाँ सभी के लिए हैं, उन्हें झेल जाना ही जीवन है। आज मैंने तुम्हारे लिए कई विविध मनोरंजक कार्यक्रम रखवाए हैं। हम दोनों मित्र वहीं जाएँगे।"

अर्जुन एकदम प्रसन्न हो गया। तुरन्त उठकर कहा, "जो आज्ञा प्रभु! आपको देखकर मेरे मन की सारी पीड़ा बह गयी है। कुछ दिन आपके सान्निध्य में रहूँगा तो मन एकदम शान्त हो जाएगा।"

प्रभास क्षेत्र में कृष्ण और अर्जुन दोनों ही घूमने निकले। कृष्ण की आज्ञानुसार रैवत पर्वत खूब सजाया गया था। कई प्रकार के भोजन की व्यवस्था थी। भोजनोपरान्त नटों, नर्तकों, गायकों, नृत्यांगनाओं की कला का रसास्वादन करके दोनों मित्र विश्राम करने के लिए वापस पहुँचे। दोनों इतने दिनों बाद मिले थे, एक-दूसरे की नज़रों से ओझल ही नहीं होना चाहते थे। बातों के घटनाओं के क्रम समाप्त ही नहीं हो रहे थे। कभी कोई सूत्र हाथ लगता कभी कोई छूट जाता। दोनों को लग रहा था जैसे जन्म-जन्मान्तरों के बाद मिले हैं। बात समाप्त होते ही तुरन्त दूसरी बात का स्मरण हो आता। सोते-सोते अर्जुन फिर एकदम उठकर कोई घटना सुनाने लगता। कृष्ण ने कहा, "अर्जुन, अब तो हम बहुत दिन साथ रहेंगे। थोड़ा निद्रा को भी समय दो।"

अगले दिन के सूर्य ने दोनों मित्रों पर अपनी कृपादृष्टि डाली। हल्की-हल्की धूप ज़रा-सी तेज हुई तो कृष्ण अर्जुन दोनों एक साथ ही जगकर एक-दूसरे को देखने लगे, फिर हँस पड़े। प्रभात आज बड़ी शीघ्रता में है।...

कुन्तीपुत्र के स्वागतार्थ द्वारिका नयी बहू की तरह सजी थी। जब कृष्ण के साथ अर्जुन ने द्वारिका में प्रवेश किया तो लाखों की भीड़ उन्हें देखने को उमड़ आयी। लोग प्रसन्नता से अर्जुन और कृष्ण को देखकर हाथ हिलाने लगे। द्वारिका के सुन्दर लोग, स्त्रियाँ, बच्चे सब बहुत प्रफुल्लित दिखाई देते थे। रथ भीड़ में से स्वयं राह बनाकर चल रहा था। अर्जुन ने सोचा, यह भी हो सकता था कि द्रौपदी मेरे साथ द्वारिका में आती। अब कहाँ है द्रौपदी? अपने बच्चों में वह मगन होगी। महाराज युधिष्ठिर के पार्श्व में बैठी वह इन्द्राणी से अधिक शोभायमान होगी। उसके होने से ही इन्द्रप्रस्थ की इतनी ख्याति है।

एक निःश्वास के साथ अर्जुन ने यह विचार झटक दिया। कृष्ण ने पूछा, "किस सोच में हो धनंजय, क्या चित्रांगदा की स्मृति में हो।"

अर्जुन हँसे, फिर कहने लगे, "कृष्णा यह सौभाग्य किसी को नहीं देती मित्र! चित्रांगदा को जब भी चाहूँ पा सकता हूँ, पर द्रौपदी को समय की अवधि के परे देखना भी पाप है।"

"क्या पाना ही सब कुछ है अर्जुन? लोग कहते हैं मेरी सोलह हज़ार रानियाँ हैं। पर क्या सब मुझे पा सकी हैं। कभी-कभी तो लगता है खोना ही पा लेना है। इस जीवन में कितना कुछ है। रुक्मिणी है पर राधा भी तो है। रुक्मिणी मेरे महल की साम्राज्ञी है, पर राधा मेरे हृदय में विराजमान है। हर वस्तु हर स्थान पर है। राधा को लोग दीवानी कहते हैं पर वह क्यों दीवानी है, यह मैं जानता हूँ। मैं उसे स्मरण नहीं करता। स्मरण तो उसे किया जाता है जो स्मृति से परे है, जो स्मृति के खण्ड में ही रहता है उसे क्या स्मरण करें? राधा कृष्ण है और कृष्ण राधा है। मैं उसी के संग रहता हूँ। राधा को पाने के लिए मुझे उसके पास नहीं जाना पड़ता। वह मुझमें ही होती है।

अर्जुन यह जगत् है। जहाँ हर किसी को सब कुछ भुगतना पड़ता है। यहाँ नर और नारायण में कोई भेद नहीं है अर्जुन। तुम जो अपराध-बोध से भाग रहे हो। क्या तुमने कभी यह सोचा यदि द्रौपदी इस ब्याह से मना कर देती तब तुम क्या करते? अकेले तो तुम उससे ब्याह नहीं कर सकते थे। फिर पता नहीं उसका कहाँ ब्याह होता। यदि कुँआरी भी रहती तो भी तुम कहाँ उसे देख पाते। कहीं और ब्याह हो जाता तो समाचार भी न मिलता। अब जब इन्द्रप्रस्थ जाओगे द्रौपदी वहीं होगी, तुम्हारी प्रतीक्षा में आरती का थाल सजाकर बैठी होगी। बस यही नहीं बदला है। बाकी क्या इन्द्रप्रस्थ वैसा ही है? सब बदल गया है। बच्चे बड़े होकर अस्त्र-शस्त्र में व्यस्त हैं। अब तक तो सान्त्वना का भी ब्याह हो गया होगा। जाओगे तो जान

पाओगे समय कैसे और कितना आगे चला गया है। सिर्फ़ द्रौपदी वहीं खड़ी है।"

अर्जुन ने कहा, "माधव, इसी बात के लिए अपराध-बोध होता है। उसने मेरे लिए पाँच पतियों की पत्नी बनना स्वीकार किया, और मैं ही वहाँ नहीं हूँ। क्या सोचती होगी द्रौपदी? मैंने चित्रांगदा से ब्याह किया, उलूपी का संग किया। भविष्य के गर्भ में क्या है, कौन जाने? इस भटकन से कब छूटूँगा। हर घड़ी यही इच्छा होती है कहीं भाग जाऊँ तो इस भटकन से मुक्ति मिले।"

कृष्ण ने कहा, "यह भटकन भी जीवन है, तुमने कुछ गलत नहीं किया अर्जुन। यदि इतने यज्ञ, इतनी तपस्या, इतनी आराधना करने के बाद भी तुम्हें अपराध-बोध है तो उसका एक ही अर्थ है कि तुम बहुत भावुक और बहुत अच्छे व्यक्ति हो। इसीलिए तुम्हें हमेशा द्रौपदी के प्रति किये गये अपराध का बोध होता है, पर द्रौपदी तुम्हें अपराधी नहीं समझती।"

"मित्र, यदि वह सत्य ही मुझे अपराधी नहीं समझेगी तब भी यह जाएगा नहीं, कम हो सकता है। इतने वनों, पर्वतों, जलाशयों, जंगलों, उपवनों की ख़ाली एकाकी राहों में घूमता रहा हूँ। वृक्षों के पत्तों में भी वही दिखाई देती है। सच तो यह है कि एकान्त में उसके सिवा कहीं भी कोई नहीं होता। जब आप उससे मिले थे तो कैसी थी, वह बताइए न माधव! उसकी बात सुनने की बड़ी इच्छा होती है।"

"द्रौपदी इन्द्रप्रस्थ की महारानी है अर्जुन! उसके हृदय का आलोड़न उसके चेहरे पर नहीं आता। वह सहज होकर सबको प्रसन्न करने में लगी है। उसके भाग्य से ईर्ष्या करते हैं लोग। अर्जुन, द्रौपदी जैसे प्रकृति है। वह सिर्फ़ दोनों हाथों से लुटाती है। खिलती है, महकती है। तुम्हारी प्रतीक्षा भी करती है। जो जिम्मेदारी उसने ली है, उससे पीछे नहीं हटेगी।"

"और सान्त्वना...?"

"सान्त्वना उसके साथ परछाईं-सी लगी रहती है। द्रौपदी के बच्चे उसे भी माँ जैसा स्नेह-सम्मान देते हैं। द्रौपदी को सान्त्वना का बड़ा सहारा है।"

"यह जानकर सुखी हुआ कृष्ण। द्रौपदी की वह बचपन की साथिन है। अपना अन्तरंग मित्र मिल जाने पर कौन सुखी नहीं होता? आपके दर्शन करके मैं कितना हल्का-फुल्का हो गया हूँ यह मैं ही जानता हूँ। ऐसा लगता है, हृदय के सारे प्रश्नों के उत्तर मिल गये हैं। सारा आकाश साफ़ हो गया है, कहीं कोई दुविधा नहीं है।"

कृष्ण प्रसन्न हो गये। उन्होंने कहा, "अर्जुन, द्वारिका में कल से उत्सव प्रारम्भ हो रहा है। तुम और मैं दोनों ख़ूब घूमेंगे।"

"द्वारिका वसन्त में खिली प्रकृति की तरह सज रही है माधव। अपनी नगरी कितनी अपनी लगती है। मेरा भी हृदय इन्द्रप्रस्थ जाने को आतुर हो रहा है। माँ को देखे, भाइयों को देखे भी कितने ही दिन हो गये। माँ भी मेरी चिन्ता करती होगी न मित्र?"

"हाँ अर्जुन, बुआ को तुम्हारी बहुत चिन्ता है। वह कुछ कहती नहीं पर अपना प्रिय पुत्र अर्जुन सदा उनकी चिन्ता का कारण रहता है।"

रात्रि में अर्जुन पहले से हल्का होकर ख़ूब आश्वस्त होकर सोया। कितने वर्षों बाद सखा की बग़ल में उसी तरह नींद आयी जैसे अपने भाइयों और माँ के संग आती थी। रात को सपने में भी कोई नहीं आया। जैसे एक शिशु माँ के साथ सोता है वैसे ही सोये रहे अर्जुन। पूरी तरह निश्चिन्त होकर।

अगले दिन सुबह से पहले, वाद्यों का हल्का-हल्का संगीत, लोगों के उतावली में उठते पग, आवाज़ें, शंखनाद, पूजा की घण्टियाँ सबने मिलकर एक मधुर शोर-सा कर दिया। अर्जुन ने आँख खोली तो कृष्ण का सुन्दर मुख़ देखकर खिल उठा। अर्जुन ने तृप्त होकर कहा, "ऐसा लगता है जैसे वर्षों बाद घर आ गया हूँ। जैसे-जैसे परिवार से मिलने के दिन पास आ रहे हैं मैं भरता जा रहा हूँ। अपने पूरे अस्तित्व में यह भावना लहराती रहती है।"

कृष्ण ने कहा, "अर्जुन, तुम्हें पाकर मैं भी बड़ा प्रसन्न हूँ। देवी रुक्मिणी को मैंने कह दिया था कि अर्जुन के आने पर मैं घर न आऊँगा। इतने वर्षों की एकत्रित घटनाएँ, बातें न जाने कब समाप्त हों।"

"क्षमा करना कृष्ण! यह तो देवी रुक्मिणी के प्रति अनजाने में अन्याय हो गया। इस बात का ध्यान ही नहीं आया, आपको पाकर मैं कितना पूर्ण हो गया।"

"नहीं अर्जुन, ऐसे न सोचो। रुक्मिणी को मेरे कई अन्याय सहने पड़ते हैं। पति तो मैं उसका ही हूँ, पर सखा, सखा के कई रूप हैं; जिनमें तुम्हें मिलनेवाला रूप सबसे मुखर है।"

"कृतज्ञ हुआ!" अर्जुन ने कहा, तो कृष्ण बोले, "यह प्रसन्नता हम दोनों की है अर्जुन! अब हम नहा-धोकर तैयार हो जाएँ। उत्सव को पूरा जीने के लिए शुरू से ही देखना होगा। इस उत्सव की प्रतीक्षा हम गोकुलवासी पूरा वर्ष करते हैं। इस वर्ष मैं यह उत्सव तुम्हारी आँखों से देखना चाहता हूँ।"

अर्जुन कृतार्थ हुआ। उत्सव में जैसे सारा गोकुल ही सम्मिलित हो गया था। कृष्ण और अर्जुन जहाँ से भी निकलते, सभी की दृष्टि उधर घूम जाती। दोनों मित्रों के मन में बचपन की स्मृतियाँ कौंध रही थीं। कभी दोनों एक-दूसरे का हाथ पकड़ लेते। कभी गलबहियाँ डालकर चलते। जैसे मेले में और कोई भी कहीं भी न था। कृष्ण के साथ अर्जुन को देखकर लोग अनुमान लगाने लगते। फिर शीघ्र ही सबको मालूम हो गया कि ये कुन्तीपुत्र अर्जुन हैं।

उत्सव में स्त्रियाँ विभिन्न टोलियों में घूम रही थीं। रंग-बिरंगे परिधानों में स्त्रियाँ-युवतियाँ एक-दूसरी के ऊपर टहनियों की तरह गिरती पड़ रही थीं। यूँ लगता था बादल घिर आने पर मोरनियाँ पंख फैलाये नृत्य कर रही हैं। कहीं गन्धर्वों का गायन हो रहा था। कहीं मल्लयुद्ध में दाँव-पेंच चल रहे थे, कहीं नटों के करतब,

कहीं वीणा की झंकार—हर दिशा से कई-कई स्वर मुखर हो रहे थे। उत्सव चरम सीमा पर था। गन्धर्वों का मधुर गायन सुन-सुनकर लोग झूम रहे थे। गायन के पण्डाल में बलरामजी अपनी पत्नी रेवती के साथ बैठे ख़ूब मगन हो रहे थे। मदिरा की सुगन्ध कई दिशाओं से अपने नये तेवर और रूप के साथ बह रही थी। सभी गायन में झूम रहे थे।

अर्जुन ने श्रीकृष्ण से कहा, "माधव चलो, हम भी यहाँ बैठकर गायन सुनते हैं।"

श्रीकृष्ण ने अर्जुन की तरफ़ देखा और मुस्कराकर बोले—"इस समय भैया मदिरा में डूबे हैं। हमें देखकर उन्हें अटपटा लग सकता है। फिर उत्सव में तो बैठने में नहीं घूमने में ही आनन्द है। चलो अभी तुम द्वारिका के नटों के करतब देखकर आनन्द पाओ।" अर्जुन और कृष्ण फिर मेले में गुम होने लगे। लहरों पर जैसे कोई कश्ती डूबती-उतराती है उसी तरह कभी मित्र यहाँ से दिखाई दे जाते, कभी वहाँ छुप जाते।

दोनों मित्र हाथ पकड़कर भीड़ को चीरते हुए जाते फिर कहीं खड़े होकर उत्सव की शोभा देखने लगते। कृष्ण का तो सब जाना-पहचाना था पर अर्जुन को सब नया-ही-नया लग रहा था। इतने वर्षों बाद पास आती वनवास समाप्त होने की अवधि, इतने वर्षों बाद कृष्ण का सामीप्य-सुख, इतने वर्षों बाद द्रौपदी के बारे में खुलकर सारी बातें जान लेने का सुख। अर्जुन बड़े प्रसन्न थे। तभी अर्जुन की दृष्टि बहुत-सी युवतियों के झुण्ड पर पड़ी। उनके मध्य अपना भारी घाघरा सँभालती एक कन्या ध्रुवतारा की तरह शोभायमान थी। अर्जुन ठगा-सा रह गया। पर वह ठगा हुआ ही कृष्ण का हाथ पकड़े उनके साथ यहाँ-वहाँ से खिंचता चला जा रहा था। मन में एक विचार भी कौंधा, क्या कृष्णा से सुन्दर भी कोई स्त्री है इस संसार में?

दोनों ही मित्र हर तरफ़ से उत्सव की शोभा देख रहे थे। जहाँ से निकलकर जाते वहीं फिर आकर एक-दूसरे को देखते और खिलखिलाकर हँस पड़ते। कृष्ण ने अर्जुन का हाथ पकड़ा और भीड़ से ज़रा-सा हटकर चलने लगे। सहसा कहा, "अर्जुन, लोग अपनी कल्पना से ही—देखो कितनी सुन्दर वस्तुएँ बना लेते हैं।"

सामने गेहूँ की बालियों को रँगकर एक सुन्दर पुष्पगुच्छ रचे एक ग्रामीण खड़ा था। अर्जुन ने कहा, "माधव, गेहूँ बोकर उसे बड़ा होते देखना अपने-आप में पूरे ब्रह्माण्ड की रचना करना है। अंकुर फूटने के बाद गाढ़े हरे रंग में उसे बड़ा होते देखना, फिर हरे रंग से पीली होती गेहूँ की बालियाँ कैसे सोने के कुण्डल हो जाती हैं।"

कृष्ण प्रसन्न होकर कहने लगे, "अर्जुन, हमारे इधर तो गेहूँ की बालियाँ कानों में लटकाकर बालाएँ बड़ी प्रसन्न होती हैं। लगता है जैसे सोने के कुण्डल ही कानों में झिलमिला रहे हैं। खुले खेतों में गेहूँ की बालियाँ भूनकर खाने का अपना अलग

ही स्वाद है। गेहूँ पककर जब अपनी मस्त सुगन्ध पूरी हवा में घोल देता है तब उसकी मस्ती को पूरी तरह पीने मैं कई-कई बार खेतों में जाता हूँ। उन्हें देखना भी बहुत भला लगता है। किसान गेहूँ की बालियाँ मक्खन में भिगोकर रख देते हैं। मैं जाता हूँ तो अंगारों पर भूनकर मुझे देते हैं। उसका स्वाद बड़ा अनूठा होता है। उसकी सुगन्ध से ही तृप्त हो जाता हूँ मैं।"

यह कहकर जैसे ही कृष्ण ने अर्जुन को देखा तो पाया कि अर्जुन का हाथ तो उन्हीं के हाथ में है पर उसकी दृष्टि युवतियों की चुहल करती टोली पर है। कृष्ण मुस्कराये। उन्होंने टोली को देखा तो पाया सबके मध्य तो उनकी बहन सुभद्रा खड़ी है। अर्जुन टकटकी बाँधे उसे ही मन्त्रमुग्ध होकर देख रहे हैं। कुछ समय तक कृष्ण भी अर्जुन को देखते रहे। फिर उन्होंने कहा, "अर्जुन, यह सुभद्रा है। हमारी बहन।"

अर्जुन थोड़ा खिसियाने हुए, फिर कहने लगे, "द्रौपदी से कम सुन्दर नहीं है सुभद्रा।"

"हमारी बड़ी लाडली बहन है यह। तुम तो भावातिरेक से उसे ही देखे जा रहे हो अर्जुन।"

अब अर्जुन पूरी तरह सजग होकर बोले, "सखा मोह कई रूप बदलकर आता है, भगा देने पर भी आता ही रहता है। उसे पहचानने में समय लग सकता है पर होता वही है, एकमात्र मोह।"

"अर्जुन मोह के सभी रूपों का अपना सौन्दर्य अपना वैशिष्ट्य है। सुभद्रा बहुत सादा और गुणों से भरपूर युवती है। पर आश्चर्य अर्जुन, इतने वनों में घूमकर, प्रकृति को इतने पास से देखकर उसमें एक होकर जिया है तुमने, फिर भी संसार में आसक्ति कम नहीं हुई, यह जानकर मैं आश्वस्त हूँ। बताओ तो मित्र, क्या भैया से बात करूँ?"

अर्जुन समझकर थोड़ा लाल पड़ गये, फिर खिसियाकर कहा, "कृष्ण, वर्जित फल पर लालच होना तो स्वाभाविक है। द्रौपदी के सामने प्रस्तुत होनेवाली मेरी पत्नी अगर सुभद्रा हो तो क्या कहना?" कृष्ण ने अपनी गर्दन हिलायी, फिर कहने लगे, "लगता है बात करनी ही पड़ेगी। मित्र घर आया है उसे खाली भेज दें, ऐसा नहीं होगा, पर कुछ कठिन ही जान पड़ता है।"

अर्जुन में अब विश्वास आ गया था। उसने कहा, "आपके लिए कठिन कैसे हो गया माधव?"

"अर्जुन, सुभद्रा का स्वयंवर होनेवाला है। स्वयंवर में तुम्हें ही माला डालेगी इसका क्या भरोसा, इसलिए बलपूर्वक हरण के अतिरिक्त और कोई युक्ति नहीं सूझती।"

अर्जुन को लगा कृष्ण परिहास कर रहे हैं। उसने कृष्ण को देखा तो उनके चेहरे से ऐसा कुछ आभास न हुआ।

"क्या अपहरण सम्भव है मित्र?"

कृष्ण कुछ देर चुप रहे फिर कहा, "पहले युधिष्ठिर से अनुमति लेने के लिए शीघ्रगामी दूतों को भेज देते हैं। उनकी अनुमति के बाद ही कुछ निर्णय लेना ठीक रहेगा।"

अर्जुन ने सम्मति में सिर हिलाया तो कृष्ण ने कहा, "अर्जुन तुम्हारी भटकन समाप्त हो इसके लिए मैं सुभद्रा का अपहरण करना भी अनुचित नहीं समझता। और अपहरण कोई नई बात नहीं है। तुम्हें कोई दुविधा हो तो बताओ।"

"दुविधा क्या होगी? जो बात आप कहेंगे उसमें दुविधा का प्रश्न कहाँ उठता है। पर यही विचार मन में उठ रहा है कि जब दूत भैया युधिष्ठिर के पास पहुँचेंगे तब महारानी द्रौपदी भी वहीं होगी। मेरे दिशाहीन हो जाने में उसे कोई शक न रहेगा?"

कृष्ण हँसकर कहने लगे, "तुम द्रौपदी से डरते हो, मुझे यह जानकर प्रसन्नता होती है। फिर भी मैं समझता हूँ अर्जुन, माँ हो जाने के बाद स्त्री का विराट् रूप प्रकट होता है। वह तुम्हें अब एक बिगड़ैल बालक ही समझती होगी। और बालकों को क्षमा करना कठिन नहीं होता।"

इस पर दोनों मित्र खिलखिलाकर हँस पड़े। वातावरण हल्का हो गया।

कृष्ण ने कहा, "अर्जुन, युधिष्ठिर की आज्ञा के बाद सब अपने-आप ठीक हो जाएगा।"

अर्जुन अब थोड़ा उतावला हो गया था। उसके मन में एक शंका सिर उठा रही थी। कृष्ण से पूछा, "मित्र क्या आपके राज्य में इतनी सुरक्षा के बीच सुभद्रा का अपहरण सम्भव होगा।"

"तुम्हारी शंका तो सही है अर्जुन! पर मित्र जब सुभद्रा का अपना भाई ही अपहरण में सम्मिलित होगा तो फिर चिन्ता काहे की। क्षत्रियों में अपहरण निश्चय ही कोई नयी बात नहीं है पर अपने भाई का अपहरण में सम्मिलित होना निश्चय ही नया है। और फिर अपहरण करनेवाला यदि धनंजय हो तो आपत्ति किसे हो सकती है।"

अर्जुन आश्वस्त हो गया।

"चलो अर्जुन, मैं तुम्हें अपने अखाड़े में मल्लयुद्ध में पारंगत योद्धाओं को धूल चाटते और चटाते दिखाता हूँ

अर्जुन ने तुरन्त कहा, "क्या भैया भीम को बुला लें?"

"नहीं सखा उसके बिना भी सुभद्राहरण हो जाएगा। घर का भेदी कृष्ण तुम्हारे सम्मुख प्रस्तुत है।"

एक बार फिर दोनों मित्र खिलखिलाकर हँसे तो आस-पास के लोग खड़े होकर देखने लगे। किसी को सन्देह भी नहीं हो सकता था कि सुभद्राहरण योजना पर विचार चल रहा है।

चलते-चलते कृष्ण के हृदय में अपहरण की योजना रूप ले रही थी। अपहरण इस तरह जैसे परिजात की टहनी से हाथ बढ़ाते ही फूल अपने-आप अर्जुन की झोली में आ गिरे। कहाँ किस प्रकार सुगमता से सुभद्राहरण हो सकता है।

सामने मल्लयुद्ध हो रहा था। योद्धा एक-दूसरे से दो साँपों की तरह लिपटे हुए थे। कौन-सी टाँग किस योद्धा की है, कौन-सा हाथ किसका है, यह जानना कठिन था। रात में रोशनी में चमकते शरीर कौंध रहे थे। लोग साँस रोककर युद्ध देख रहे थे। कोई धूल चटा पाएगा या नहीं ये धूल को भी पता न था। उठापटक चल रही थी।

अर्जुन मोहित होकर देख रहे थे। कृष्ण ने प्रसन्न होकर सोचा—इतना सुदर्शन, इतना सुन्दर, इतना भोला, इतना बड़ा धनुर्धर अर्जुन हमारी सुभद्रा का पति होगा। कितनी सुखद कल्पना है। पर कल्पना ही क्यों, इस विचार को सत्य होना ही होगा। और अपहरण? कृष्ण के दिमाग में योजना बनने लगी। सुभद्रा जब रैवतगिरि पर्वत पर पूजा करने जाती है तब उसके साथ थोड़े से सैनिक होते हैं। उसकी सखियों में से अधिक तो अपहरण होते ही बेहोश हो जाएँगी। जब होश आएगा तब अर्जुन सुभद्रा को लेकर दूर जा चुका होगा। उसके रथ में मैं अपने सबसे शक्तिशाली घोड़े लगवा दूँगा। वैसे अर्जुन को जीत सके, ऐसा कोई सैनिक कहाँ है। कई तो उसका नाम सुनकर ही भय से काँपने लगेंगे। पीछे जाने का तो प्रश्न ही नहीं उठता। जब तक अर्जुन के घोड़ों से उड़ाई धूल वातावरण में रहेगी तब तक तो सैनिकों को होश भी न आएगा।

"धूल तो कोई भी नहीं चटा पा रहा मित्र।"

यह अर्जुन था। वह एकदम मल्लयुद्ध में व्यस्त योद्धाओं के दाँव-पेंच देख रहा था।

कृष्ण ने कहा, "चलो यहाँ से चलें। कोई-न-कोई तो धूल चटा ही लेगा। इतना कोलाहल देह के रोम-रोम से निकालने में समय लगेगा।"

कृष्ण ने अर्जुन का हाथ पकड़ा और भीड़ में से निकलने लगे। कहीं कोई, कहीं कोई, दृश्य-ही-दृश्य, लोग-ही-लोग—जैसे इस आधी रात में दिन अभी-अभी चढ़ा हो।

अब भीड़ छँट गयी थी। आकाश पर मुक्त चाँद धरती की दूरी नाप रहा था। अर्जुन के मन में सुभद्रा-ही-सुभद्रा आ जा रही थी। कई द्वन्द्व चल रहे थे। क्या सुभद्रा के पश्चात् कोई और स्त्री लाना चाहोगे अर्जुन। नहीं, नहीं यह कदापि न होगा। यह कृष्ण के प्रति भी पाप होगा। यदि सुभद्रा से ब्याह हो जाए तो इसे इन्द्रप्रस्थ साथ ही ले जाऊँगा। सुभद्रा ही मेरी पत्नी होगी। सुभद्रा ही होगी जो सिर्फ़ सन्तान के लिए या पिता के उत्तराधिकारी के लिए ही मेरी न होगी। बिना किसी और कारण के या शर्त के मेरी पत्नी होगी सुभद्रा। पर सुभद्रा के हृदय में न जाने क्या होगा?

अपनी भटकन के साथ उसे उतना सुखी कर पाऊँगा जिससे सुभद्रा को अपहरण का कभी ध्यान न आए।

उलूपी, तुम मेरा बाँध तोड़ने में सफल हुई। चित्रांगदा मन के अनुकूल थी पर पुत्रमोह से कभी भी न निकल पायी, पुत्र छोड़कर इन्द्रप्रस्थ में रहना उसके लिए सम्भव नहीं है। बभ्रुवाहन उसी के पीछे लगा रहता है। बचपन में उसका ही दूध पिया, उसी के संग सोता-बैठता है। कितना प्यांरा बच्चा है। उलूपी का इरावान अपना पुत्र होते हुए भी कहाँ देखा है मैंने। मेरा नाम तो सुभद्रा के पुत्र से ही चलेगा। देवी द्रौपदी सब समझ लेगी। कृष्ण कहते हैं वह अब पूर्णतया माँ हो गयी है। माँ तो उसे मेरे पुत्र की भी होना पड़ेगा। पता नहीं, उसी की प्रतीक्षा करती है मेरी कृष्णा।

कृष्ण ने कसकर अर्जुन का हाथ पकड़ा और कहा, "अर्जुन, हमारे इधर क़दम्ब के वृक्ष चाँद से होड़ लेते हैं। कदम्ब को देखते ही बचपन आँखों के सामने आकर खड़ा हो जाता है। कदम्ब की सबसे ऊँची टहनी पर बैठकर जब मैं बाँसुरी बजाता था तो उसका स्वर हर चौखट पर खड़ा होकर द्वार खुलवा देता था। कदम्ब को देखते ही इच्छा होती है ऊपर की टहनी पर जाकर बैठ जाऊँ। मक्खन खाने में उतना आनन्द कहाँ था जितना मुँह पर लपेटने में। मैया देखते ही लाल हो जाती थी। चोरी भी करो तो माखन की करनी चाहिए।"

"सखा, कितना सुन्दर स्थान है। कदम्ब, चाँद और धरती।"

"सबसे सुन्दर हमारी कुंज गलियाँ हैं अर्जुन। ऐसी कोई कुंजगली नहीं है जहाँ मैं न पहुँचा होऊँ। इन कुंज गलियों का पत्ता-पत्ता कृष्ण को जानता है।"

बचपन की यादों में विभोर कृष्ण बातें करते-करते काफ़ी दूर निकल आये थे। उत्सव का कोलाहल अब एकदम शान्त लग रहा था। कृष्ण के मन में चाव था अपनी लाडली सुभद्रा को अर्जुन की पत्नी देखने का। अर्जुन के मन में चाव था एक ऐसी पत्नी का जो सिर्फ़ उसकी हो, जो हमेशा उसी के स्वागत में आँखें बिछाये रहे, जिस पर सिर्फ़ उसका अधिकार हो।

आसमान पर चाँद भी जैसे उत्सव में शामिल होने आया था। पूरे गोकुल पर आकाश की खिड़की से झाँकता चाँद अटकी हुई स्थिर पतंग की तरह मुस्करा रहा था। अर्जुन ने देखा काफ़ी दूर एक बहुत विशाल कदम्ब के नीचे एक स्त्री हाथ ऊपर उठा-उठाकर चाँद से कुछ कह रही थी। कृष्ण का ध्यान पता नहीं कहाँ पर था। जब दोनों मित्र चुपचाप चलते-चलते थोड़ी दूरी पर रह गये तो एक मधुर आवाज़ बहुत धीमी पर स्पष्ट कानों में पड़ने लगी। प्रकृति की चुप्पी और चाँद की उपस्थिति में खोये कृष्ण वहीं ठिठककर खड़े हो गये। अर्जुन ने देखा—उनका मुँह एकदम कोमल हो गया था। वह भी कान लगाकर जैसे उसी स्वर को सुन रहे थे जो अब और स्पष्ट सुनाई दे रहा था। अब अर्जुन को भी समझ आने लगा। स्वर कदम्ब

के नीचे से निकलकर जैसे पूरी धरती पर चाँदनी की तरह बिछ रहा था।

राधाकृष्ण!

राधाकृष्ण!!

राधाकृष्ण!!!

अर्जुन ने माधव को देखा। वह मुग्ध होकर स्वर सुन रहे थे। अर्जुन एकदम मौन हो गया। यह कौन-सा स्थान है, किसका स्वर है? कृष्ण तो मेरे सखा हैं, यह राधा कौन है? कितनी देर दोनों मित्र मन्त्रमुग्ध-से खड़े रहे। कुछ देर बाद कृष्ण ने अर्जुन को देखा। अर्जुन ने आँखों-ही-आँखों में पूछा—"ये कौन हैं?"

"ये राधा है अर्जुन, जो कृष्ण भी है। राधाकृष्ण, सम्भवतः यही रह जाएगा।"

"और देवी रुक्मिणी?"

"वह मेरे राजमहल की महारानी है अर्जुन! मेरे पल क्षण उसी के कहने से उठते-बैठते हैं। पर राधा तो मैं स्वयं हूँ।"

अर्जुन सोच में पड़ गया। कृष्ण ने दूर आसमान की तरफ़ बाँहें फैलाये खड़ी राधा को देखा। वह भावविभोर होकर नृत्य कर रही थी। राधाकृष्ण राधाकृष्ण!

कृष्ण कह रहे थे, "अर्जुन पत्नी का स्थान अपना है। परन्तु जो प्रेम करता है उसे अनदेखा करना पाप है। राधा कृष्ण की दीवानी है। बाँसुरी के सात सुरों पर मोहित गोपियों से अलग है। उसे कृष्ण की बाँसुरी से ही नहीं कृष्ण से भी मोह है। बावरी कहते हैं उसे लोग। घर नहीं जाती। यहीं भटकती रहती है। कभी यहाँ कभी वहाँ। मुझे देखकर भी अनदेखा कर देती है। पता नहीं, यह कौन-से कृष्ण की राधा है अर्जुन।"

"पर आप क्या देवी राधा से मिलेंगे नहीं।"

"किससे मिलूँ अर्जुन, कृष्ण भी वही है और राधा भी वही है। इस समय तो मैं जाकर वहाँ खड़ा हो भी जाऊँ तो वह मुझे देखेगी नहीं। चलो अर्जुन वास्तविकता में लौट आयें। उत्सव में शायद हमें सब ढूँढ़ रहे होंगे।"

द्वारिका से द्रुतगामी घोड़ों पर जा रहे दूत जब इन्द्रपुरी पहुँचे तब महाराजा युधिष्ठिर के पार्श्व में बैठी द्रौपदी बच्चों की बातें उनको सुनाकर ख़ूब जोर से हँस रही थी। तभी दूतों ने आकर समाचार सुनाया।

"महाराज हमें वासुदेव कृष्ण ने भेजा है। वीर अर्जुन सुभद्रा से ब्याह करने के लिए आपकी अनुमति चाहते हैं?"

थोड़ी देर के लिए कक्ष में चुप्पी छा गयी। संयत होकर युधिष्ठिर ने कहा, "जब भगवान् कृष्ण की अनुमति है तो हमें क्या आपत्ति हो सकती है? इन्द्रप्रस्थ में देवी सुभद्रा का स्वागत होगा।"

दूत 'जो आज्ञा' कहकर चले गये। युधिष्ठिर ने द्रौपदी का उतरा हुआ चेहरा देखा तो कहा, "देवी, तुम दुखी न होओ। अर्जुन बचपन से ही हर काम तुरन्त कर

लेना चाहता है, और उस पर हमेशा मेरी आज्ञा होनी चाहिए। सुभद्रा के आने से तुम्हें भी एक अच्छी मित्र मिल जाएगी।"

द्रौपदी ने कह दिया—"जी महाराज, ऐसा ही हो।"

इस समाचार से द्रौपदी आहत हो गयी पर उसे पहले-जैसा कष्ट न हुआ। उसने मन-ही-मन सोचा अब धनंजय सिर्फ़ मेरे नहीं रहे। एक घूँट पीकर उसने अतीत का द्वार बन्द कर दिया।

अर्जुन अपने मन में हो रही ऊहापोह को छुपाने में सफल न हो पा रहे थे। रह-रहकर कृष्ण की तरफ़ देखते। कृष्ण भी समझ रहे थे। पर वह पहले युधिष्ठिर का सन्देश जान लेना चाहते थे। उन्होंने अर्जुन से कहा, "मित्र अपनी प्यारी बहन के अपहरण में मैं तुम्हारे साथ हूँ और कोई युक्ति समझ में नहीं आती। सुभद्रा का स्वयंवर भी जल्द ही होगा। अपहरण उसके पहले ही हो जाना चाहिए। धर्मराज की सम्मति के तुरन्त बाद ही अगली योजना पर विचार होगा। मेरी समझ में यही आ रहा है कि जब सुभद्रा रैवतगिरि पर्वत पर पूजा करने जाएगी तब उसके साथ बहुत थोड़े सैनिक होंगे। पूजा के बाद जब वह अपने रथ के पास आएगी, उसी समय तुम उसे अपने रथ पर बिठाकर भगा ले जाना।"

अर्जुन की गम्भीर मुद्रा देखकर कृष्ण ने परिहास किया, "अर्जुन, अपनी बहन के अपहरण की योजना पहले कदाचित् किसी भाई ने न बनायी होगी। मुझे पूरा विश्वास है, सुभद्रा को पाकर तुम्हारी भटकन समाप्त हो जाएगी। मैंने सुभद्रा को बचपन से बड़े होते देखा है। ऐसी सुशील लड़कियाँ बहुत कम होती हैं। उसने कभी अपने भाइयों से भी झगड़ा नहीं किया। अपनी बहुत लाडली बहन तुम्हें सौंपकर मैं भी निश्चिन्त हो जाऊँगा अर्जुन। हम और पास आ जाएँगे। मेरी बहन को बड़े यत्न से रखना।"

अर्जुन भावातिरेक में कृष्ण के गले लगकर रो पड़े।

कृष्ण ने कहा, "अब यही तय रहा। आज किसी भी समय दूत आ जाएँगे। कल ही का दिन अपहरण के लिए उपयुक्त रहेगा। धीरज रखो मेरे द्रुतगामी घोड़े हवा से बातें करते हैं।"

रैवतगिरि पर्वत पर पूजा करके सुभद्रा ने शीश झुकाया। फिर कहा, "माँ, मेरे जीवन में वही करना जो अच्छा हो। मेरे सिर पर हमेशा अपना हाथ रखना।"

माथा नवाकर सुभद्रा ने सिर उठाया तो सखियाँ पूछने लगीं, "किसको माँग रही हो सखी, स्वयंवर में तो न जाने कितने राजकुमार आशा लेकर आएँगे।"

एक और सखी बोली, "आशा तो सबके मन में एक ही होगी, पर हमारी सखी किसके गले में वरमाला डालेगी यह तो स्वयं विधाता भी नहीं जानते।"

"बहुत सोच-समझकर डालना सखी। कृष्ण तुम्हें सभी राजकुमारों के बारे में

बताएँगे। परन्तु अपनी समझ का भी प्रयोग करना, जहाँ वह अधिक जोर दें वरमाला वहीं उठाना।"

एक सखी ने चुहल की, "देखो सुभद्रा, जो मन को भा जाए वरमाला उसी गले में डालना। जो भी तुम्हारे स्वयंवर में आएँगे वह सभी अच्छे कुल के राजकुमार होंगे। कोई भी निर्णय सोचे-समझे बग़ैर न लेना। एक बार वरमाला पहनायी तो पूरा जीवन ही न्यौछावर कर दिया।"

सुभद्रा को भय लगने लगा। मन में सन्देह के अंकुर उपजने लगे। वह एकदम उदास हो गयी। उसकी सखियाँ अभी भी चुहल कर रही थीं। पर सुभद्रा ने सुनना बन्द कर दिया। स्वयंवर को बहुत दिन नहीं रह गये हैं। क्या होगा, पता नहीं। योग्य व्यक्ति के गले में वरमाला डालूँगी या नहीं। अचानक वह सोचने लगी ब्याह करना क्यों इतना आवश्यक है। यहाँ से जाने का मैं सोच भी नहीं सकती। किसी एक अनजान व्यक्ति के लिए अपना घर, अपने माँ-बाप, अपनी सखियाँ क्यों छोड़नी पड़ती हैं। ऐसा कौन व्यक्ति होगा जिसे वरने के बाद सब छोड़ा जा सके। माँ कहती हैं पति को पाने के बाद सब छोड़ सकूँगी। पर पति कैसा होगा? कितना कठिन निर्णय है। आज माँ को जाते ही पूछूँगी। माँ किसके गले में वरमाला डालूँ।

इसी तरह सोचती हुई सुभद्रा रथ की तरफ़ बढ़ती जा रही थी कि अचानक दो सशक्त बाँहों ने उसे उठाकर रथ में डाला और रथ सरपट भागने लगा। उसने आँखें बन्द कर लीं। उसके कानों में स्वर आने लगे। उसकी उन्हीं सखियों के स्वर जो अब तक चुहल कर रही थीं।

सुभद्रा का अपहरण हो गया। सुभद्रा का अपहरण हो गया।

रथ भागा जा रहा था। सुभद्रा ने भय के मारे आँखें नहीं खोलीं।

सखियों के पास जब भागकर मुट्ठी-भर सैनिक आये तब तक रथ आँखों से ओझल हो गया। एक सैनिक चिल्लाया, "अर्जुन, अर्जुन ही है। सुभद्रा का अपहरण अर्जुन ने किया है।"

सभी सैनिक स्तब्ध से वहीं खड़े रह गये। रथ के पीछे भागना व्यर्थ था। पहले राज्य में जाकर समाचार देना अधिक आवश्यक था।

रथ में बैठकर सुभद्रा की सभी सहेलियाँ और भागते हुए सैनिक द्वारिकापुरी की तरफ़ दौड़े आये। सबने सभा में आकर बताया कि कैसे पलक झपकते ही अर्जुन सुभद्रा को रथ में बिठाकर आँख से ओझल हो गया। जब तक कोई समझ पाता क्या हुआ है तब तक रथ हवा हो गया। अर्जुन की झलक तो रथ के मुड़ते ही दिखाई दी।

यह बात सुनते ही सबके चेहरे क्रोध से लाल हो गये। बलराम ने कहा, "अर्जुन का पीछा करके सुभद्रा को छुड़ाना चाहिए।"

एक सभासद बोला, "अर्जुन ने जिस थाली में खाया, उसी में छेद किया है। इस तरह की नीचता क्षमा के योग्य नहीं है। हम इसे सहन नहीं करेंगे।"

"हमारे घर में घुसकर अर्जुन ने हमारा अपमान किया है। इस तरह की बात कोई क्षमा नहीं करता।"

"चलो...चलो, शीघ्रता से रथ जोड़ो। हमारे शस्त्र लाओ। आज अर्जुन हमसे बचकर नहीं जा सकेगा।"

पूरी द्वारिका में हलचल मच गयी। हर कोई अर्जुन को बुरा-भला कह रहा था।

बलराम ने जब कोलाहल देखा तो कहा, "वीरो, जब तक इस विषय पर कृष्ण कुछ न बोलें उनकी सम्मति के बिना कोई भी निर्णय करना ठीक नहीं।"

ये सुनकर सब यादव एक-दूसरे का मुँह देखने लगे। बलराम ने कृष्ण से कहा, "कृष्ण आप मौन साधकर क्यों खड़े हैं। हमने अर्जुन की इतनी आवभगत तुम्हारे लिए ही की है। हमारी ही बहन का उसने अपहरण कर लिया। उसने हमारा अपमान किया है। तुम्हारा निरादर किया है।"

कृष्ण ने बड़े धैर्य के साथ कहा, "जहाँ तक मैं समझता हूँ, अर्जुन ने हमारे कुल का सम्मान किया है। सुभद्रा के स्वयंवर में कुछ ही दिन रह गये हैं। यदि स्वयंवर में सुभद्रा अर्जुन के गले में वरमाला न डालकर किसी और को वर लेती तो निश्चय ही अच्छा न होता। अर्जुन ने यही सोचकर सुभद्रा का अपहरण किया होगा। अपहरण अनुचित विधान नहीं है। और कौन शान्तनु कुल में अपनी कन्या न देना चाहेगा। अर्जुन से सम्बन्ध भाग्य से ही होता है। यदि हम सुभद्रा को छुड़ाने जाएँ और हारकर लौट आएँ तो बड़ा अपमान होगा। हमें इसे दैव इच्छा समझकर उन्हें लौटा लाना चाहिए। फिर शुभ मुहूर्त देखकर उनका ब्याह कर देना चाहिए। इस तरह का ब्याह न्यायसंगत है। मैं तो यही समझता हूँ।"

यह कहकर कृष्ण ने अपनी बात समाप्त की।

सब एक-दूसरे का मुँह देखने लगे। एक मुँह से साधु शब्द निकलते ही सभी 'साधु-साधु' करने लगे।

श्रीकृष्ण ने पाँसा पलटते ही शीघ्रता से कहा, "सब लोगों की सम्मति हो तो मैं रथ लेकर जाता हूँ और अर्जुन और सुभद्रा को ले आता हूँ।"

सबने कहा, "यह विचार अति उत्तम है।"

श्रीकृष्ण ने यह सुनते ही अपना रथ जोतने को कहा और एकमात्र सारथी के साथ द्रुतगति से उसी मार्ग से चले जहाँ से अर्जुन गये थे। कृष्ण ने सारथी को कहा, "अर्जुन के घोड़ों के पदचिह्न देखते हुए चलना। यदि शीघ्रता से चलोगे तो अर्जुन को पा लेने में समय नहीं लगेगा। यह पथ तो वैसे भी बड़ा सरल है।"

अर्जुन ने रथ दौड़ाते-दौड़ाते सुभद्रा को देखा। वह आँखें बन्द किये डरी हुई हिरनी की तरह चुपचाप बैठी थी। अर्जुन ने रथ थोड़ा धीमा किया, फिर कहा–

"देखो सुभद्रा, तुम्हारा अपहरण करने वाला मैं कुन्तीपुत्र अर्जुन हूँ। उत्सव में तुम्हें देखकर अपनी सुधबुध भूल गया। देवी आँखें खोलकर देखो! यदि मैं तुम्हारे लायक नहीं तो यहीं से रथ लौटाकर तुम्हें द्वारिका छोड़ आऊँगा। मैं मिथ्या नहीं कहता। आँख खोलकर एक बार देखो तो।"

सुभद्रा ने जरा-सी आँखें खोलीं फिर सकुचाकर दृष्टि नीचे कर ली। अर्जुन आश्वस्त हुआ। इसी मार्ग पर एक घनी अमराई देखकर अर्जुन ने अपना रथ रोक लिया। अमराई में सुन्दर मखमली घास पर रथ का एक तकिया लगाकर सुभद्रा को बैठने को कहा फिर आराम से घोड़ों को खोलकर चरने के लिए छोड़ दिया। एक वृक्ष की तरह उसने पलाश के चौड़े पत्तों का दोना बनाया। सामने बहती छोटी-सी नदी से जल भरकर दोना सुभद्रा के आगे रखकर कहा, "देवी जल ग्रहण करो। दैव इच्छा हुई तो शीघ्र ही हमारा ब्याह हो जाएगा।"

सुभद्रा ने सकुचाकर दोना दोनों हाथों में लिया और सारा जल एक ही साँस में पी गयी। जल ग्रहण्ष करके जैसे उसमें नये प्राण का संचार हुआ। उसने अर्जुन को देखा वो उसी को टकटकी लगाकर देख रहा था। सुभद्रा ने लाज से आँखें नीची कर लीं। अर्जुन ने कहा, "कुछ कहो देवि!"

सुभद्रा बोली, "कुछ ही दिनों में मेरा स्वयंवर होनेवाला है। आप वहीं आकर मुझे ले जाते।"

"स्वयंवर में तुम मुझे वरमाला पहनातीं या नहीं, इस पर सन्देह होने के कारण ही तुम्हारा अपहरण करना पड़ा। मैं किसी मूल्य पर भी तुम्हें पाना चाहता था। देवी, मुझे विश्वास था तुम्हारे मन में कोई और व्यक्ति न रहा होगा।"

सुभद्रा ने गर्दन झुकाकर कहा, "जिसका अपहरण अर्जुन करे उसे और किसकी कामना हो सकती है!"

अर्जुन ने कहा, "मैं आश्वस्त हुआ। देवी, अपहरण के अतिरिक्त और कोई चारा न था। आशा है, तुम क्षमा कर दोगी। अब मैं वृक्षों से कुछ फल ले आता हूँ। तब तक तुम भी स्वस्थ हो जाओ। घोड़े घास खाकर स्वस्थ हो जाएँगे, फिर हम चल देंगे। इस नदी में इन्हें नहला भी दूँगा।"

अर्जुन ने घोड़ों को नहलाते समय नकुल सहदेव को याद किया। उन दोनों को घोड़ों से कितना स्नेह है। सभी काम वही करते रहे। आज तो अर्जुन को ही घोड़े नहलाने पड़ेंगे। घोड़े नहाकर घास चरने लगे तो अर्जुन भी नहाकर वहीं नदी को अर्घ्य देने लगा। उसके मन में वनवास के समय देखीं पूरे भारत की नदियाँ घूम गयीं। गंगा जो उन्हें अपने जल के आँचल में पूरी तरह लपेट लेती थी। गंगा को पता नहीं फिर कब देख पाऊँगा।

अर्जुन को सुभद्रा का ध्यान आया। वह तुरन्त एक ऊँचे वृक्ष पर चढ़कर फल उतारने लगा। उसके मन में था कि कृष्ण अवश्य आएँगे। यदि सबकी सम्मति हुई तो कल तक यहीं ब्याह भी हो सकता है। वृक्ष की फुनगी ज़रा-सी ऊपर थी। अर्जुन ने मोटी टहनियों पर अपना भार सँभाला और दूर राह पर तकने लगा। इतने दिन प्रकृति के साथ रहने से वृक्षों पर चढ़ना-उतरना तो लगा ही रहता था। अर्जुन की जहाँ तक दृष्टि गयी मार्ग को देखा। हाँ कहीं बहुत दूर मार्ग पर धूल छायी हुई थी और एक रथ अवश्य आ रहा था। ऊपर ध्वज तो कृष्ण का ही होना चाहिए। अर्जुन प्रसन्न होकर वृक्ष से थोड़ा नीचे उतरा और पके हुए फल उतार-उतार कर उत्तरीय में भरने लगा।

कृष्ण अवश्य उन्हें लेने आ रहे हैं। सारथि के साथ अकेले कृष्ण के आने का अर्थ है अपहरण को मान्यता मिल गयी है। मनोरथ सफल हो गया लगता है। अर्जुन प्रसन्न मन से धीरे-धीरे वृक्ष से नीचे उतरा। नदी में जाकर फल धोये और सुभद्रा के पास लौट आया। उसने देखा—सुभद्रा निश्चिन्त होकर ऊँघ रही थी।

अर्जुन की पदचाप से जगी तो अर्जुन ने फलों से भरा उत्तरीय उसके आगे फैला दिया। ताजा धुले फल देखकर सुभद्रा खिलखिलाकर हँस पड़ी। अर्जुन ने कहा, "यही फल मिले, देवी चलिए खाएँ।"

सुभद्रा ने कहा, "आप भी लीजिए न, भूख तो आपको भी लगी होगी। इतना तेज़ रथ दौड़ाने के बाद भूख तो लगेगी ही न!"

फल खाते-खाते अर्जुन के कान रथ की आवाज़ पर ही लगे थे। थोड़ी ही देर में सुदूर से आती आवाज़ कानों में पड़ने लगी तो अर्जुन की आँखें चमक उठीं। सुभद्रा के कानों में भी रथ की आवाज़ पड़ी तो उसके हाथ से फल छूट गया। अर्जुन ने कहा, "कोई भय नहीं है देवी! हमें स्वयं श्रीकृष्ण लेने आ रहे हैं। कल तक आप अर्जुन की पत्नी होंगी।"

"भैया ही हैं, आपने कैसे जाना?" सुभद्रा ने लाल पड़ते हुए कहा।

"मैंने वृक्ष की फुनगी हटाकर बहुत दूर से आता उनका रथ देख लिया था। चलो हम नदी में हाथ-मुँह धो आएँ।"

सुभद्रा बोली, "यदि भैया न हुए तो?"

"वही हैं, परन्तु यदि न भी हुए तो अर्जुन की भावी पत्नी को किसी से भय खाने की आवश्यकता नहीं है।" अर्जुन ने कहा।

श्रीकृष्ण राह में घोड़ों के खुरों के निशान देखते-देखते जब अमराई के पास पहुँचे तो सारथि को रुकने को कहा। उन्होंने सोचा इस स्थान से अधिक सुरम्य स्थान और कौन-सा होगा जहाँ अर्जुन सुभद्रा को लेकर रुकेगा। रथ से उतरकर वह चलने लगे तो नदी का स्वर भी सुनाई दिया। कभी बचपन में यहाँ आये अवश्य होंगे। श्रीकृष्ण इधर-उधर देख रहे थे, तभी अर्जुन आकर उनसे लिपट गये।

श्रीकृष्ण ने कहा, "मेरे हृदय में यही बात आ रही थी कि तुम अवश्य इसी अमराई में रुके होगे। इससे सुन्दर स्थान इस राह में कहीं नहीं है। मैं अकेला ही आया हूँ। सभा में बड़ा शोर-शराबा हुआ पर अब सब ठीक है। कल तक आप मेरे बहनोई हो जाएँगे।"

अर्जुन ने विनम्रता से कहा, "सब आपकी कृपा है माधव, जिसके साथ आप हों, उसका अहित नहीं हो सकता।"

कृष्ण बोले, "इस कृपा का अन्त यहीं कर दीजिए। यदि भैया को मालूम हो गया कि सुभद्रा के अपहरण में मेरा ही मुख्य हाथ है तो क्षमा कभी न मिलेगी। हो सके तो मेरी बहन को भी नहीं बताइएगा। उसे समझ भी नहीं आएगी कि मैंने ऐसा क्यों किया। पर सच तो यह है कि ये मैंने उसी के लिए किया। मेरी लाडली बहन को इससे अच्छा पति नहीं मिल सकता था। अब चलिए सुभद्रा के पास, वो अवश्य भयभीत होगी।"

सुभद्रा ने श्रीकृष्ण को अर्जुन के संग आते देखा तो बड़ी हर्षित हुई, फ़िर बोली, "भैया आप अपनी बहन के अपहरणकर्ता के साथ कैसे गलबहियाँ डाले आ रहे हैं?"

कृष्ण ने बहन से कहा, "सुभद्रा, ऐसा अपहरणकर्ता क्या हर किसी के भाग्य में है? मैं ऐसा बहनोई पाकर कृतार्थ हुआ। मैं सर्वसम्मति से आप लोगों को लेने आया हूँ। शुभमुहूर्त देखकर इस अपहरणकर्ता के हाथ में अपनी बहन के स्नेह की बेड़ी डाल दूँगा ताकि यह इधर-उधर भटकता न रहे।"

सुभद्रा लजा गयी। तो कृष्ण ने कहा, "वैसे इसे बाँधकर रखना बड़ा कठिन है। रख सकोगी सुभद्रा, यह मेरा बड़ा प्रिय मित्र है।"

सुभद्रा ने गर्दन नीची कर ली। अर्जुन ने कृष्ण के सारथी को कहा, "मेरा रथ जोत दो।"

कृष्ण कहने लगे, "तुम सुभद्रा के साथ मेरे रथ में आ जाओ। आज तुम्हारा सारथी मैं बनूँगा। तुम्हारा रथ यह सारथी ले जाएगा।"

कृष्ण, अर्जुन और सुभद्रा रथ में बैठकर उसी राह से जाने लगे, जिस मार्ग से आये थे। आते समय कितने संशय कितने ऊहापोह में थी सुभद्रा और अब कितनी आश्वस्त थी। कृष्ण साथ थे, अर्जुन साथ थे, लेकिन मन घोड़ों की गति के समान ही भाग रहा था। दोनों मित्र बातों में व्यस्त थे। सुभद्रा सुन रही थी।

कृष्ण ने कहा, "कितनी देर तो सभा रोष से जलती रही। सभी लोग तुमसे क्रोधित थे, पर तुमसे लोहा लेनेवाला भी उन्हें मिल न रहा था। लोगों ने कहा कि अर्जुन कृष्ण का मित्र है, उसकी राय लेना बड़ी आवश्यक है। जब मेरी सम्मति पूछी तब उन्हें ज्ञात हुआ कि पाण्डवों से सम्बन्ध बनाकर उनका सम्मान ही होगा, और अपहरण तो हो ही चुका है। भलाई इसी में है कि दोनों का ब्याह करवा दिया जाए।"

दोनों मित्र हँसने लगे। रथ भाग रहा था। सुभद्रा के विचार भी भाग रहे थे।

यदि अर्जुन के स्थान पर कोई और अपहरण कर लेता तो क्या मेरा ब्याह उसी से हो जाता या कृष्ण इसी तरह सहज होकर मुझे लेने आ जाते। सुभद्रा को भय होने लगा। घर पहुँचकर क्या कहूँगी। मेरी सखियाँ, जिनके सामने अर्जुन ने मेरा अपहरण किया, उन्हें क्या कहूँगी मैं? पर मेरा दोष कहाँ है? फिर उसे आगे की सोचकर भय लगने लगा। अब तक तो द्वारिका में सब जान चुके होंगे कि सुभद्रा का अपहरण हो गया है। पर अर्जुन का नाम सुनकर सब प्रसन्न भी होंगे। अर्जुन से ब्याह होना निश्चय ही पूर्व जन्मों का कोई फल है। स्वयंवर में पता नहीं मैं किसको जयमाला पहनाती। अपहरण का पता चलने पर कितने ही राजकुमारों की आशाओं पर पानी फिर जाएगा। मैं तो जयमाला उसी को पहनाती जिसे भैया कृष्ण कहते। उन पर मुझे अगाध विश्वास है। कितनी सहजता से भैया कृष्ण ने अर्जुन को गले लगा लिया। उनकी अनुमति है तो मैं निश्चय ही सुख पाऊँगी। पर अर्जुन की दूसरी स्त्रियाँ विशेषकर देवी द्रौपदी क्या सोचेंगी?

अधिक संकोच तो देवी द्रौपदी से ही होता है। पर मेरा इसमें क्या दोष है? मैं तो उनके घर में सेंध लगाने नहीं गयी। अर्जुन अपहरण न करते, तो मैं निश्चय ही किसी और की पत्नी होती। सुभद्रा की आँखें भर आयीं, शिशु जैसे मुख पर चिन्ता की रेखाएँ उभर आयीं।

कृष्ण ने रथ चलाते-चलाते पीछे मुड़कर देखा। इतनी देर तक तो कभी चुप नहीं बैठती सुभद्रा, फिर उसे देखकर पूछा, "किस चिन्ता में डूबी है मेरी सरला बहन।"

सुभद्रा ने दृष्टि ऊपर की तो पाया कि अर्जुन भी उत्सुकता से उसी को देख रहे हैं। सुभद्रा को लाज लगी। कृष्ण ने फिर पूछा, "क्यों, भय लग रहा है? तब तो रथ में बैठकर आ गयी, अब क्यों डर रही हो?"

सुभद्रा ने कहा, "भैया मैं स्वयं नहीं आयी थी। इन्होंने मुझे उठाकर रथ में डाल लिया मुझे पता भी नहीं चला ये कैसे हो गया? सच कहती हूँ।"

कृष्ण और अर्जुन, दोनों खिलखिलाकर हँस पड़े।

कृष्ण बोले, "मेरी इस बहन को बड़ा भय लगता है। बचपन में जब मैं और भैया बलराम इसका गुड़ियाघर ऊपर-नीचे कर आते थे तब भी ये कुछ नहीं कहती थी। भय से रोने लगती थी। फिर हमें मैया खूब डाँटती थी। इसे सताने में बड़ा अच्छा लगता था।"

अर्जुन ने पुलकित होकर कहा, "आप अपनी दुष्टता में फिर भी कब हारते होंगे!"

कृष्ण ने घोड़ों की रास सँभालते हुए कहा, "हम दोनों भाई इसको छेड़ते-छेड़ते थक जाते थे पर यह कुछ न कहती थी। फिर हमने ही थककर इसे तंग करना छोड़ दिया।"

अर्जुन ने कहा, "पराजित होने के कई तरीक़े हैं। जिसमें सहन शक्ति हो वह कभी पराजित नहीं होता।"

अर्जुन ने कोमलता से कहा, "इसकी सहनशक्ति से तो मैं तभी पराजित हो गया था जब मैंने इसे उठाकर रथ में डाला था। इसने न हाथ-पाँव मारे, न ही शोर मचाया बल्कि वीरबहूटी की तरह सिकुड़ी आँखें बन्द किये रथ में चुपचाप बैठ गयी। मैं तो सोच रहा था यह चिल्लाएगी तो अपहरण कठिन होगा।"

श्रीकृष्ण ने कहा, "तुम्हारी कठिनाई तो अब शुरू होगी अर्जुन। हमारी सुभद्रा कुछ नहीं कहेगी और तुम्हें स्वयं सँभलना होगा। वह क्या चाहती है? बचपन में जब ये कुछ माँगती थी तो यह नहीं कहती थी यह वस्तु चाहिए, वह रो-रो कर सिर्फ़ 'चाहिए, चाहिए' कहती थी। यह रोने में व्यवधान न आने देती थी। हम लोग घबरा जाते थे। मैं और भैया चीज़ें ला-लाकर इसके कक्ष में ढेर लगा देते, तब कहीं इसे कोई चीज़ भाती और उसे उठाकर यह भाग जाती थी। मनचाही चीज़ पाते ही रोना भी थम जाता। हमने तो भुगत लिया है, अब तुम जानो।"

सुभद्रा ने कहा, "भैया आप कैसी बातें कर रहे हैं? मुझे तो कुछ स्मरण ही नहीं है।"

श्रीकृष्ण ने कहा, "सुभद्रा अच्छा अब स्मरण नहीं है। अब ऐसा मत करना नहीं तो मेरा मित्र सारा दिन कुछ न कुछ ढूँढ़ता ही रहेगा।"

"भैया, अब क्या मैं बच्ची हूँ।"

कृष्ण ने कहा, "नहीं अब तो तुम बड़ी हो गयी हो, तुम्हें पता है—अपहरण हो तो चिल्लाना नहीं चाहिए। देखो, अब सिर्फ़ यही कहना कि मैं अर्जुन से ब्याह करूँगी।" सुभद्रा शरमा गयी।

ज्यों-ज्यों द्वारिका समीप आती जा रही थी, सुभद्रा का हृदय काँप रहा था। उसे भय भी हो रहा था। उसे लग रहा था जैसे अर्जुन ने उसका अपहरण नहीं किया बल्कि वही भाई बहन उसे भगाये लिये जा रहे हैं। उसे अपनी सखियों का ध्यान आया। उसे वही स्वर फिर से सुनाई देने लगा। सुभद्रा का अपहरण हो गया। जब वे इतनी सहजता से मुझे रथ से उतरता देखेंगी तब कितना आश्चर्य होगा उनको। किसी भी स्त्री के लिए ये मर जाने के क्षण होते हैं। अर्जुन बहुत भाये मन को, फिर भी यह भूलना कितना कठिन है कि मेरा अपहरण हुआ है। फिर उसने सोचा, चलो अच्छा हुआ स्वयंवर न हुआ, अब तो सीधा ब्याह ही हो जाएगा। ब्याह शब्द से सुभद्रा को चैन हुआ।

कल देर तक पर्वत पर घूमते हुए क्या मैं सोच भी सकती थी मेरा यहाँ से अपहरण हो जाएगा और फिर अपहरणकर्ता ही से शादी भी हो जाएगी। फिर वह लजा गयी। अर्जुन कितने भव्य कितने अच्छे हैं।

अब रथ द्वारिका के बाज़ारों में से जा रहा था। सभी उत्सुक होकर देख रहे

थे। सुभद्रा ने सोचा क्या इन सबको अपहरण की घटना का पता है?

भैया श्रीकृष्ण तो ऐसे देख रहे हैं जैसे कुछ हुआ ही नहीं। उसने चारों ओर दृष्टि घुमाकर देखा—सभी उसे ही देख रहे हैं पर वह यहाँ की राजकुमारी भी तो है। तभी श्रीकृष्ण ने पीछे घूमकर कहा—

"सुभद्रा भय की कोई बात नहीं है। सभी तुम्हारी प्रतीक्षा कर रहे होंगे। हो सकता है अब तक शुभ महूर्त भी निकाला जा चुका हो और शीघ्र ही तुम्हारा ब्याह हो जाएगा।"

सुभद्रा ने बनावटी क्रोध से कृष्ण को देखा और कहा, "क्या मैं ब्याह के लिए कह रही हूँ।"

"नहीं, तुम क्यों कहोगी, पर हमें तो अपनी बहन का ब्याह करना है न!"

अर्जुन ने देखा—सुभद्रा के मुँह पर भय की रेखाएँ हैं। उसने कहा, "देवी, भय की कोई बात नहीं है, सभी कुछ धर्मानुसार ही हो रहा है। चिन्ता की कोई बात नहीं है।"

सुभद्रा को ढाढस हुआ। कितने सुन्दर कितने कोमल शब्द। उसने मुस्कराकर अर्जुन को देखा। यह सुन्दर और सुदर्शन वीरपुरुष अब उसका पति होगा! उसने विनम्रता से दृष्टि नीचे कर ली।

राजमहल सामने दिखाई दे रहा था। सुभद्रा की माँ हाथ में पूजा का थाल लिये खड़ी थी। किसी के चेहरे पर कोई क्रोध न था। सुभद्रा आश्वस्त हुई। उसकी माँ ने प्रसन्न होकर अर्जुन की आरती उतारी, फिर महाराज के आशीर्वाद के बाद अर्जुन को सब भीतर लिवा ले गये। उसे आसन पर बिठा कर सब प्रसन्न होकर बातें करने लगे।

सुभद्रा अपने कक्ष में आकर सखियों के संग गले लग कर रोने लगी।

कदाचित् वह पहली बार इस तरह किसी के साथ इतनी देर बाहर रहकर अन्तःपुर आयी थी। अभी वह सखियों के संग बात ही कर रही थी कि महारानी भीतर आयीं। आते ही उन्होंने कहा—

"बेटी, अर्जुन-जैसा वर क्या हर किसी के भाग्य में होता है? इतना बड़ा धनुर्धर, इतना विनम्र और इतना सौम्य! मैं तो धन्य हो गयी।"

सुभद्रा आश्वस्त होते ही माँ के गले लगकर फुक्का मारकर रो उठी। रोते-रोते ही बोली, "माँ मेरा कोई दोष न था। मुझे क्षमा करना माँ।"

माँ ने उसे स्नेह से कहा, "बेटी मैं जानती हूँ, तुम्हारा कोई दोष नहीं था। तुम ऐसा क्यों सोचती हो? पण्डित पुरोहित अच्छा लग्न मुहूर्त देख रहे हैं। शीघ्र ही तुम्हारा विधिवत् ब्याह हो जाएगा। जाओ—नहा-धोकर तैयार हो जाओ। पहले कुछ खा-पी लो। मुझे बहुत से प्रबन्ध करने हैं, तुम्हारी सखियाँ तुम्हारा ध्यान रखेंगी।"

सुभद्रा को किसी भी बात में 'न' कहने की आदत न थी। वह चुप रहकर सबको टुकुर-टुकुर देखती रहती थी। बीच-बीच में मुस्कुराकर नीची नज़र कर लेती। सबकी प्यारी है सुभद्रा, माँ ने सोचा और सुखी होकर बाहर चली गयी। सुभद्रा अब परायी हो जाएगी। उसी की बातें याद आने लगीं।

छोटी थी तो प्रातः उठते ही पिता कहते—"कहाँ है सुभद्रा!" उसका मुँह देखने के उपरान्त मेरा सारा दिन बड़ा शुभ रहता है। मेरी बेटी तो मेरा सूर्य है। इसे देखे बग़ैर दिवस आरम्भ नहीं होता। प्रातः अपनी काजल भरी मोटी-मोटी आँखें उठाकर पिता को देखते ही खिलखिला उठती सुभद्रा। पिता कुछ देते तो वह तुरन्त माँ को दे देती। पिता को लगता—इतना सन्तुष्ट बच्चा, ऐसा लगता है कि दुनिया से कुछ नहीं चाहिए। उसे देने ही आयी है। पिता प्रसन्न होकर पूछते—"सुभद्रा सूरज कहाँ है?" अपनी ओर हाथ उठाकर वह कहती—"ये ये ये है सूरज..."

पिता उसे उठाकर हवा में उछालते और कहते, "देखो सूरज निकल गया।"

सभी खुश हो जाते। भाई पूछते, पिताजी ने तुम्हें लड्डू दिये थे? हमें भी दो। सुभद्रा दोनों हाथों से लड्डू दे देती। भाइयों को आनन्द न होता। जो वस्तु छीन-झपट कर, सताकर प्राप्त करने में आनन्द है, वह क्या सहजता से मिल जाने पर है? कितना सताते थे इसे बचपन में।

महारानी की आँखें भर आयीं।

राजमहल में ब्याह की तैयारियाँ शुरू हो गयी थीं। शुभ मुहूर्त निकल आया था। कोई दो हाथ ख़ाली न थे। कोई वन्दनवार सजा रहा है, कोई फूल ला रहा है, कोई हार पिरो रहा है। सामग्री से भरे थाल यहाँ-वहाँ जा रहे हैं। स्थान-स्थान पर स्त्रियाँ सुहाग और मंगलगीत गा रही हैं। सुभद्रा की सहेलियाँ एकदम व्यस्त हो गयी हैं। कोई यहाँ भाग रही है कोई वहाँ। मंगलगीत गाती स्त्रियाँ सुभद्रा के कपड़ों पर मोती टाँक रही हैं। पूरे राजमहल में उत्साह चरम सीमा पर है।

अन्तःपुर में महारानी सुभद्रा को कह रही थीं—

"सुभद्रा अब तुम पाण्डवों की बहू बनोगी। अर्जुन से ब्याह होते ही तुम बुआ कुन्ती की पुत्रवधू बनोगी। वो तुम्हारी माँ होंगी अब। उनका ही पहले ध्यान करना।"

सुभद्रा की आँखें भर आयीं। उसने घबराकर कहा, "क्या तुम मेरी माँ न रहोगी?"

"क्यों नहीं—मैं ही तुम्हारी माँ हूँ! पर ब्याह के बाद सास का दर्जा ही ऊपर होता है। अभी ससुराल जाने में साल भर तो है ही, तब तुम सब समझ जाओगी। अब बताओ मण्डप में कौन-सा परिधान पहनोगी? यहाँ कई वस्त्राभूषण मैंने निकलवा दिये हैं। बताओ न सुभद्रा।"

सुभद्रा ने कहा, "माँ हमेशा तो तुम्हीं बताती हो। ब्याह का परिधान भी तुम ही बता दो। मैं तो प्रतिदिन तुम्हारे भेजे वस्त्र ही पहनती हूँ। ब्याह के बाद जो अर्जुन कहेंगे वही पहन लूँगी।"

महारानी को हँसी आ गयी। उसने कहा, "पुत्री अब समयानुसार तुम अपने वस्त्र स्वयं ही चुनना। पति को वस्त्र चुनने में कोई रुचि नहीं होती। जो भी तुम पहनोगी अर्जुन को अच्छा लगेगा।"

सुभद्रा ने अचानक पूछा, "माँ, अभी तो मैं ससुराल नहीं जाऊँगी ना?"

"नहीं बेटी, अभी अर्जुन के वनवास का एक वर्ष बाक़ी है। तब तक अर्जुन भी यहीं रहेंगे। तुम दोनों के लिए नया महल सज गया है। तब तक तुम मेरी आँखों के सामने ही रहोगी। फिर तुम बड़ी हो जाओगी।"

बड़ी बुद्धिमत्ता के साथ सुभद्रा ने माँ से पूछा, "माँ, ब्याह के बाद सब बड़े हो जाते हैं न!"

"हाँ, मेरी बच्ची! अब देखो तुम्हारी सखियाँ भी आ गयी हैं। तुम अपने वस्त्र चुनकर रख लो। जो वस्त्र जयमाला के समय, भाँवरों के समय पहनने हैं उन्हें चुन कर एक तरफ़ रख लो। अब मैं जाकर बाक़ी के प्रबन्ध देखूँगी।"

सुभद्रा की सखियाँ एकान्त पाकर उसे छेड़ने लगीं।

"कहो सखि, अर्जुन तुम्हें गोद में बिठाकर रथ हाँक रहे थे या रथ अपने-आप चल रहा था।"

यह प्रश्न सुनकर सुभद्रा हैरान हुई। उसने कहा, "मुझे गोद में लेकर रथ हाँकते तो रथ चलाते कैसे? अश्व इतनी शीघ्रता से भाग रहे थे कि मैं तो अपनी चेतना ही खो बैठी।"

सब सखियाँ खिलखिलाकर हँस पड़ीं। फिर एक ने कहा—

"सुभद्रा, जब तुम चेतना खो बैठीं तब तुम्हारा सिर तो अर्जुन की गोद में ही रहा होगा न—नहीं तो तुम रथ से गिर जातीं?"

सुभद्रा बोली, "चेतना खोने पर सिर कहाँ रहता है, ये क्या जान पाता है कोई? कैसी बातें करती हो तुम! रथ इतनी जोर से भाग रहा था। मुझे लगा आकाश भी घूम रहा है, तभी तो मैंने ज़ोर से आँखें मींच ली थीं। फिर खोलीं ही नहीं।"

सुभद्रा की सखियाँ इतने ठहाके लगाने लगीं कि उसे लाज आ गयी। उसने बात पलटते हुए कहा—

"माँ कह गयी हैं अपनी सखियों के संग वस्त्र चुन लेना।"

"हाँ, हाँ चलो, वस्त्र ही चुनते हैं।"

वस्त्र देख एक सखि ने कहा, "पता नहीं कब से तुम्हारे लिए महारानी वस्त्र बनवा रही थीं। इतने सुन्दर वस्त्र बनवाने में भी समय लगता है।"

दूसरी सखि बोली, "मुझे लगता है महारानी को पता होगा कि कोई उनकी अद्वितीय सुन्दरी पुत्री का अपहरण कर लेगा।"

सुभद्रा ने कहा, "माँ को पता होता तो मुझे न बताती, पर अब अर्जुन मिलेंगे तो जरूर पूछूँगी कि आपने मेरा अपहरण करने की योजना कब बनायी।"

एक सखि ने पूछा, "जब उत्सव में तुम्हें घूर-घूरकर देख रहे थे तब क्यूँ नहीं तुम्हारा अपहरण कर लिया।"

सुभद्रा ने कहा, "चलो हटो ऐसे थोड़े ही अपहरण हो सकता है। वहाँ इतने लोग थे, वहाँ कौन अपहरण कर पाता। रैवतगिरि पर तो कोई भी न था।"

"रैवतगिरि पर अपहरण हो सकता है, क्या यह तुमने अर्जुन को बताया था?"

"मैं क्यों ऐसा करती? मेरा तो स्वयंवर होनेवाला था।" सुभद्रा चमककर बोली। "उत्सव में जब अर्जुन तुम्हें घूर-घूरकर देख रहा था तब तुम भी तो पलक झपकना भूल गयी थीं।" एक सखि ने छेड़ा।

"ऐसा होता तो अपहरण के समय मैं संज्ञाशून्य क्यों हो जाती?"

ये बातें चल रही थीं तो एक परिचारिका ने आकर कहा, "राजकुमारी को स्नानगृह में लाकर उबटन लगाना है। महारानी की आज्ञा है।"

"चलो, चलो सुभद्रा तुम्हें उबटन लगाते हैं। चन्दन से देह रँग देते हैं।" सब हड़बड़ाकर स्नानगृह में जाने लगीं तो सुभद्रा ने सोचा—अब तो विवाह में कोई विलम्ब नहीं है। चलो अच्छा हुआ, स्वयंवर न होगा। कितना भय लग रहा था।

अर्जुन अपने कक्ष में एकान्त पाकर एकदम इन्द्रप्रस्थ पहुँच गया। उसकी इच्छा हुई—दूतों को बुलाकर पूछा जाए कि जब वो महाराज युधिष्ठिर के समक्ष उपस्थित हुए थे तो क्या महारानी द्रौपदी भी वहाँ थीं। अवश्य रही होंगी। पर क्या होनेवाली ससुराल में बैठकर ऐसी बात सोचनी चाहिए। अब तो विवाह में विलम्ब नहीं है। सुभद्रा मेरी पत्नी होगी। एक बरस बाद तो वहीं जाना है अभी तो इस सुन्दर घड़ी के विषय में सोचना चाहिए।...

बारह बरस हो जाएँगे। एक ही वर्ष तो रह गया। द्रौपदी पता नहीं इतने वर्षों में कैसी हो गयी होगी? सन्तान होने के बाद स्त्री सिर्फ़ माँ होकर ही रह जाती है और क्षमा करने में माँ कभी कृपण नहीं होती। क्षमा तो तुम्हें करना ही होगा कृष्णा।

फिर अर्जुन को सुभद्रा का स्मरण हो आया। पता नहीं उसे कैसा लग रहा होगा! सुभद्रा मेरे मित्र की भगिनी भी है। सुभद्रा के बाद कोई स्त्री मेरे जीवन में नहीं आएगी। एक वर्ष बाद जब इन्द्रप्रस्थ जाऊँगा तब तक तो कृष्ण की दृष्टि के

घेरे में ही रहना होगा। कैसा सुन्दर क्षण होगा जब मैं अपनी माँ, अपने भाइयों और अपनी कृष्णा को देखूँगा।

अर्जुन ने सुना—बाहर से कुछ स्वर उसी के कक्ष की तरफ़ आ रहे थे। स्त्री का स्वर धीमा था, दूसरा शायद कृष्ण थे। अर्जुन उठकर खड़े हो गये। कृष्ण के साथ महारानी रुक्मिणी ने प्रवेश किया। अर्जुन ने उन्हें द्वार-पूजन के समय भी देखा था। कृष्ण ने धीरे-से कहा, "रुक्मिणी है।"

अर्जुन ने झुककर रुक्मिणी को प्रणाम कर के कहा, "देवि, प्रणाम स्वीकार कीजिए।"

रुक्मिणी ने हँसकर कहा, "आपने हमारी ननद का अपहरण किया है, प्रणाम तो स्वीकार नहीं करना चाहिए पर देख रही हूँ—ननद आप पर ऐंसी रीझ गयी है कि आपका सत्कार करने में ही भलाई है। और फिर आपके मित्र तो हमेशा आपकी ही चर्चा करते रहते हैं।"

"मैं अनुगृहीत हुआ देवि। आइए, विराजिए। मेरे मित्र को तो मेरे पास आने का समय ही नहीं मिला। अकेला यहाँ बैठकर पगुरा रहा हूँ।"

कृष्ण ने प्रफुल्लित होकर कहा, "मेरे प्रिय मित्र आज मेरी बहन का विवाह है। एक भाई कितना व्यस्त हो सकता है क्या इतना भी नहीं समझते?"

दोनों मित्र खुलकर हँसे, तो कृष्ण ने बताया, "सुभद्रा को उसकी सखियाँ उबटन मल रही हैं। आपको तो उबटन भी मुझे ही मलना पड़ेगा। देवि रुक्मिणी भी इसीलिए आयी हैं। क्यों देवि, आप अपनी ननद को ही उबटन मलेंगी या बहनोई को भी यह सुख प्राप्त होगा?"

रुक्मिणी ने हँसते हुए कहा, "यह पहली बार उबटन मलेंगे क्या?"

"हाँ भई, उबटन भी पहली बार मलेंगे और पत्नी भी पहली बार ही मिलेगी, जो इन्हीं के संग रहे।"

रुक्मिणी ने कहा, "तो मैं जाकर सुभद्रा को देखती हूँ। आपको तो अब अर्जुन के संग ही रहना चाहिए। ससुराल में अकेले घबराहट होगी, इनके मित्र तो यहाँ आप ही हैं।"

अर्जुन ने कहा, "देवी आप रहेंगी तो मैं अपने मित्र और उनकी पत्नी को संग देखने का सुख पाऊँगा। इतने दिन से यहाँ हूँ, लेकिन आपसे बात करने का भी समय नहीं मिला।"

"ये तो ब्रह्माण्ड में घूमते रहते हैं। कभी-कभी घर भी आ जाते हैं।"

अर्जुन ने कहा, "मैं भी दोषी हूँ। क्षमा कर सकेंगी।"

"अवश्य, अब आप मेरी ननद से ब्याह के बाद गंगा स्नान को न जाइएगा, फिर पता नहीं कौन आपको गंगा में घसीट ले जाए!"

कृष्ण ने कहा, "रुक्मिणी बहुत ठीक कहा। मैं भी यही कहना चाहता था पर तुमने कह दिया, बहुत अच्छा किया।"

"तो मुझे आज्ञा दें," यह कहकर रुक्मिणी चली गयी।

रुक्मिणी के जाते ही कृष्ण ने कहा, "स्नानागार में चलिए। उबटन-तेल आदि का प्रबन्ध हो गया होगा।"

अर्जुन ने कहा, "जो आज्ञा। अब तो आपके अधीन ही रहना है।"

"यही अच्छा होगा।" कृष्ण कहकर अर्जुन के गले में बाँह डालकर चलने लगे।

राजमहल के विशाल प्रांगण में वेदी सज गयी थी। फूलों और वन्दनवारों के बीच स्वस्ति चिह्न, सूर्य-सा चमक रहा था। वाद्यों के स्वरों के मध्य उभरता स्त्रियों का मधुर मंगलगान वातावरण को रोमांचित कर रहा था। कहीं द्वार पर मृदंग की थाप व नृत्य के घुँघरू मधुर स्वर पैदा कर रहे थे। चारों तरफ़ प्रसन्नता ही प्रसन्नता।

सुभद्रा की सखियाँ इस तरफ़ से उस तरफ़ यूँ भाग रही हैं, जैसे तेज़ हवा बहने पर गेहूँ की बालियाँ दोहरी होती हैं। तभी वे उत्सुकता से देखने लगीं कि अर्जुन कृष्ण के संग आ रहे थे। वर के वेश में अर्जुन इन्द्र की तरह लग रहे थे। साथ में पूरी बारात की तरह कृष्ण मुस्कराते हुए। द्वार पर महारानी ने आरती उतारी तो अर्जुन ने उन्हें झुककर प्रणाम किया। सुभद्रा की सखियाँ अर्जुन को उस स्थान पर ले गयीं जहाँ जयमाला लिये सुभद्रा खड़ी थी। सुभद्रा अपनी सखियों में चाँद-सा चेहरा लिये लज्जा से झुकी पड़ रही थी। सुभद्रा की सखि ने अर्जुन के हाथ में जयमाला देकर कहा, "लीजिए यह जयमाला इसे आप सुभद्रा के गले में पहनाएँगे। सुभद्रा की जयमाला तो आप ही के गले में पड़ती, चाहे स्वयंवर ही क्यों न होता।"

अर्जुन ने मुस्कराकर पूछा, "यह बात आप इतने विश्वास के साथ कैसे कह सकती हैं!"

सखि ने भी चमककर कहा, "आपको देखने के बाद मेरी सखि और किसी भी गले में जयमाला न पहनाती।"

अर्जुन की दृष्टि सामने पड़ी। उसने देखा—सुभद्रा जयमाला हाथ में लिये आगे बढ़ रही थी। पल भर को अर्जुन की आँखों के सामने द्रौपदी आ गयी। इसी तरह सोने की जयमाला हाथों में थामे अर्जुन की तरफ़ बढ़ी थी। जयमाला तो गले में डाल दी थी पर पत्नी की बाँहों का हार कभी भी न देखा। उसके अपने हाथ की जयमाला काँपी। तभी सुभद्रा ठीक आगे आकर खड़ी हो गयी। कहीं से एक स्वर आया—'राजकुमारी जयमाला अर्जुन के गले में डालो।'

सुभद्रा ने हाथ ऊपर किये। उसकी दृष्टि धरती पर ही थी। ये देखकर कृष्ण ने अर्जुन से कहा, "अर्जुन मेरी बहन के सामने तो झुकना ही पड़ेगा।" अर्जुन ने कृष्ण की बात पूरी होने से पहले ही गर्दन झुका ली। सुभद्रा की सखियों ने तुरन्त सुभद्रा को जयमाला पहनाने को कहा। सुभद्रा ने दृष्टि उठाये बग़ैर ही जयमाला ऊपर उठाकर अन्दाज से अर्जुन के गले में डाल दी। अर्जुन ने भी सुभद्रा को जयमाला पहनाई तो सब लोग जयजयकार करने लगे। फिर वैदिक रीति से ब्याह हो गया।

मंगल-गीत अब विदाई के गीतों में बदल गये। महारानी की आँखों में आँसुओं की झड़ी लग गयी।

राजमहल के साथ ही लगा एक महल तैयार कर लिया गया था। वहीं सुभद्रा की विदाई हुई। महारानी ने कहा, "तो आज मेरी बेटी परायी हो गयी। ससुराल जाकर तो बेटियाँ परायी होती ही हैं। पर मेरी पुत्री तो मेरे घर में रहकर ही परायी हो गयी।"

कृष्ण ने कहा, "देवी पुत्रियाँ तो पराये घर की ही शोभा होती हैं। आपकी पुत्री इस युग के सबसे बड़े धनुर्धारी अर्जुन से ब्याही गयी है। कुन्ती बुआ इसे अपनी आँखों की पुतली बनाकर रखेंगी। मन छोटा न करो, हम बड़े भाग्यशाली हैं जो हमें अर्जुन-जैसा बहनोई मिला है। हमारी सुभद्रा बड़ी भाग्यशाली है।"

अपने ही पीहर के राजमहल के एक भाग में बैठी सुभद्रा अब रो-रोकर शान्त हो गयी थी। उसकी बहुत-सी सखियाँ अर्जुन के साथ चुहल कर रही थीं। अर्जुन भी ख़ूब प्रसन्न थे। बीच-बीच में उन्हें अपनी माँ और भाइयों का स्मरण हो आता। फिर वह सोचते—अब तो एक ही बरस रह गया है। पर यह समय काटना जैसे बड़ा कठिन है। फिर वह दिन आएगा जब सुभद्रा को लेकर इन्द्रप्रस्थ जाऊँगा। कृष्ण ने देखा, सारी सखियाँ अर्जुन के संग बातें कर रही हैं और सुभद्रा अपनी सूजी हुई आँखों के साथ चुपचाप बैठी हुई है। कृष्ण को सुभद्रा पर बहुत स्नेह आया। उन्होंने उसके पास जाकर उसे बहुत स्नेह से कहा, "सुभद्रा, अर्जुन मेरा बड़ा प्रिय मित्र है। उसे द्वारिका में ऐसा कभी नहीं लगना चाहिए कि वह अपने ही घर में नहीं है। यह दायित्व तुम्हारा है मेरी बहन।"

सुभद्रा ने सिर झुका लिया। कृष्ण ने कहा, "अब हम चलकर देखेंगे—पुत्री के विदा होने पर राजमहल कितना सूना हो जाता है।" फिर अर्जुन को हाथ जोड़कर कृष्ण ने सुभद्रा के बड़े भाई के नाते कहा—

"अर्जुन! मेरी बहन सुभद्रा यहाँ सब की आँख की पुतली है। इसे बड़े जतन से रखना!"

अर्जुन यह सुनकर उदास हो गया। कृष्ण को द्वार तक विदा करके जब अर्जुन अपने कक्ष में आया तो उसने देखा, सुभद्रा वैसे ही बैठी हुई है—उदास, आश्चर्यचकित और अनमनी। अर्जुन ने कहा, "सुभद्रा, तुम्हें देखकर हमें यही लगा था कि हमारी भटकन यहीं समाप्त होगी, इसलिए हमें तुम्हारा अपहरण करना पड़ा। स्वयंवर में तुम मुझे जयमाला न भी पहना सकती थीं, और मुझे यह सहन न था। तुम्हें देखकर यही लगा था कि जिसे ढूँढ़ता रहा वह रत्न यही है। एक वर्ष तो हमें यहीं रहना है। वनवास समाप्त होते ही हम अपने घर इन्द्रप्रस्थ चले जाएँगे। आशा है तुम मुझे अपने मन के अनुकूल पाओगी।"

सिर झुकाये-झुकाये ही सुभद्रा ने कहा, "मैं मनप्राण से आपको प्रसन्न रखने

का यत्न करूँगी। फिर भी कभी कोई अपराध हो जाए तो...” ये कहकर सुभद्रा का गला भर आया। अर्जुन ने सुभद्रा को उठाकर गले से लगा लिया। फिर कहा, “सुभद्रा, मैं जानता हूँ तुमसे कोई अपराध नहीं होगा। चलो देवी शयनागार चलें। तुम भी बहुत थक गयी होगी।”

द्वारिका में आमोद-प्रमोद और स्वागतार्थ किये जानेवाले कार्यक्रम में अर्जुन का समय बड़ी प्रसन्नता से व्यतीत हो रहा था। सुभद्रा जैसे जादू की छड़ी छू जाने से एकदम सुरक्षित कन्या से कुशल गृहिणी होकर अर्जुन की हर सुख-सुविधा का ध्यान रखने लगी थी। सुभद्रा की माँ उसे देख-देखकर प्रसन्न होती और सोचती—ब्याह के बाद एक वर्ष सुभद्रा का मेरी आँखों के सामने रहना एक दैवी घटना है। एक वर्ष में तो वह गृहस्थी सँभालने के सारे गुर सीख जाएगी। इन्द्रप्रस्थ पहुँचेगी, तब कुशल गृहिणी होगी। एक बार वहाँ चली गयी, फिर यहाँ बार-बार आना कहाँ सम्भव होगा। वैसे भी अपने घर जाने के बाद लड़कियों को मैके जाने का समय कहाँ मिलता है? फिर तो इच्छा होने पर भी बाल-बच्चों और गृहस्थी के बीच फँसी लड़कियाँ मैके के बारे में सोचते-सोचते जागती सोती हैं, पर हर बार कहाँ जा पाती हैं?

सुभद्रा अब अपने महल में से भी कम निकलती। सखियाँ आतीं पर उस तरह घुलना-मिलना नहीं हो पाता। अर्जुन का घेरा कसता ही जा रहा था और सुभद्रा उसमें मगन थी। कृष्ण जब आते तो अर्जुन उनके साथ घूमने जाने से पहले सुभद्रा को कहते, “तुम भी महारानी को प्रणाम कर आओ। तुम्हारी सखियाँ भी वहाँ होंगी।” सुभद्रा सिर झुका देती तो कृष्ण हँसकर कहते, “सुभद्रा, पहले तुम्हें महारानी और हम सब आज्ञा देते थे, अब अर्जुन देते हैं। तुम्हें अब भी कुछ सोचना नहीं पड़ता। ठीक है न!”

“भैया, आपने ही तो कहा था कि यहाँ इनको हर तरह का सुख मिलना चाहिए। वही यत्न करती हूँ।” श्रीकृष्ण ने भगिनी का मस्तक चूमकर कहा, “मुझे तुमसे यही आशा है सुभद्रा।”

एक दिन कृष्ण उपवन में घूम रहे थे तो अर्जुन ने कहा, “माधव ज्यों-ज्यों वनवास समाप्त होने के दिन नजदीक आ रहे हैं पता नहीं हृदय क्यों अधिक अकुला रहा है।

बारह बरस के इस वनवास में मैंने कितनी पृथ्वी नाप ली। कितने अद्भुत प्राकृतिक दृश्य देखे। प्रकृति जैसे मेरी मित्र हो गयी है। यदि यह वनवास न लेता तो कितना वंचित रह जाता मैं। अब तो कुछ ही माह रह गये हैं। इच्छा होती है—पुष्कर तीर्थ में जाकर ये अवधि समाप्त कर फिर सुभद्रा के संग इन्द्रप्रस्थ चला जाऊँ।"

कृष्ण ने कहा, "क्यों, अर्जुन अभी भटकन जारी है क्या?"

"नहीं केशव, भटकन तो समाप्त हो गयी लगती है। पर वनवास के अन्त तक गृहस्थी में ही रहने पर अपराध-बोध हो सकता है। वैसे भी एक बार इन्द्रप्रस्थ लौट गया तो फिर ये स्थान देखने को कहाँ मिलेंगे? वन-उपवन, पहाड़, उपत्यकाएँ—इनमें घूमने का अवसर आपके इस धनुर्धर को नहीं मिलेगा, यह जानता हूँ मैं।"

"हाँ, यह तो तुम सत्य कह रहे हो, पर सुभद्रा से परामर्श किया है?"

"अभी तो नहीं किया। पहले मैं आपसे ही बात करना चाहता था। फिर सुभद्रा से बात करूँगा?"

"अवश्य। उसे लगना चाहिए कि तुम उसकी आज्ञा से ही जा रहे हो। समझे न!"

"जी माधव, समझ गया। इस मामले में जो आपके अनुभव हैं वह मुझे कहाँ हैं!"

दोनों मित्र हँस पड़े तो कृष्ण ने कहा, "नहीं अर्जुन, यहाँ मैं तुमसे सहमत नहीं हूँ। तुमने उत्तर, दक्षिण, पूर्व, पश्चिम चारों दिशाओं से पत्नी प्राप्त की हैं। द्रौपदी दक्षिण की, उत्तर से उलूपी, चित्रांगदा पूर्व से और सुभद्रा पश्चिम से। तुम्हारा मुक़ाबला कठिन है धनंजय।"

"अब क्या कहूँ किसका मुक़ाबला कठिन है। एक दिन देवी रुक्मिणी से पूछना पड़ेगा।"

"अवश्य पूछना। मैं भी जानना चाहता हूँ देवी क्या सोचती है? सोचती भी है या नहीं। मुझसे उसने कभी कुछ नहीं पूछा।"

"इस मामले में तो आप पारंगत हैं। हर किसी को लगता है कि आप सिर्फ़ उसके हैं। मुझे ही देख लीजिए।"

"अर्जुन, जहाँ तुम हो वहाँ कोई नहीं है। इसी तरह जहाँ रुक्मिणी है वहाँ सिर्फ़ वही है। तुम कहाँ जाना चाहते हो अर्जुन?"

"पुष्कर तो जाऊँगा ही। ऋषि-मुनियों एवं तपस्वियों के साथ समय व्यतीत करना चाहता हूँ—उनके साथ यज्ञादि करते एवं धार्मिक कथाएँ सुनते हुए। धार्मिक जीवन जीने का समय न जाने फिर आएगा भी या नहीं।"

कृष्ण ने कहा, "बड़ा उचित निर्णय है। अवश्य जाओ। सुभद्रा भी कुछ दिन और अपनी सखियों के संग रह लेगी। बार-बार माँ के घर कौन लड़की आ सकती है? इन्द्रप्रस्थ जाकर तो आप भी बड़े व्यस्त हो जाएँगे।"

"एक ही जीवन में मनुष्य कितने जीवन जीता है केशव! मैंने भी इन बारह बरसों की अवधि का एक-एक क्षण जिया है। जीवन में ऐसे क्षण बार-बार नहीं आएँगे इसीलिए इनमें डूब जाना चाहता हूँ। इन बारह बरसों में घुमन्तू अर्जुन ने जैसे सृष्टि के कई द्वार खोलकर उनमें सिर्फ़ झाँका ही नहीं अपितु स्मृतियों की कितनी अपार सम्पदा भी बटोरी है। कभी-कभी सोचता हूँ कि यदि उलूपी घसीट कर अपने साथ न ले गयी होती तो शायद अर्जुन संन्यासी हो जाता। उलूपी का बड़ा उपकार मानता हूँ मैं। स्त्री कहीं की भी हो उसके मन के भीतर स्नेह का बहने वाला झरना एक-सा ही होता है। उलूपी का संग सिर्फ़ एक रात्रि का रहा, पर जीवन के साथ तो वो जुड़ ही गयी है। उसका पुत्र इरावान भी अब काफ़ी बड़ा हो गया होगा। पिता तो मैं ही हूँ न! तब भी हमेशा अपराध-बोध होता था। लगता था, यह अन्याय है। अब सोचता हूँ दैव की यही इच्छा थी। यदि द्रौपदी सिर्फ़ मेरी ही पत्नी होती तो अर्जुन निश्चय ही भटकता नहीं, पर वनवास का ये सुयोग न मिलने पर मैं कितना वंचित हो जाता। इस धरती का चप्पा-चप्पा कहाँ देख पाता? न ही इतने ब्याह होते न अपराध-बोध होता। पता नहीं कैसा होता जीवन, केशव युधिष्ठिर के पार्श्व में द्रौपदी का महारानी होकर बैठना अब सहज लगने लगा है। अब सहन कर पाता हूँ। प्रारम्भ में मेरे रोम-रोम से असहायता, निरुपायता और क्रोध की चिनगारियाँ निकलती थीं, जिसमें मेरी आत्मा सहमी हुई खड़ी रहती थी। जिस दिन द्रौपदी ने मुझे वरमाला पहनायी थी उस दिन से मैं अर्जुन—कितने व्यक्तित्व झेलता हुआ यहाँ तक पहुँचा हूँ—यह कौन जान सकता है? पता नहीं मेरे भीतर कितने अर्जुन हैं, पर मुझे वनों, कन्दराओं, पहाड़ों, उपत्यकाओं में घूमनेवाला अर्जुन सबसे अधिक मोहित करता है और जब भी वह क्षण आता है धनुर्धारी अर्जुन को वहाँ खड़ा पाता हूँ। कितना विरोधाभास है। पूरा मस्तिष्क घूम जाता है।"

यह सुनकर कृष्ण प्रसन्न हो गये, फिर अर्जुन से कहने लगे—

"मैं जानता हूँ तुम एक तपस्वी, एक मनुष्य हो, पर एक मित्र, सखा, प्रेमी, पुत्र के साथ-साथ वीर धनुर्धर भी हो। वही तुम्हारा सबसे बड़ा परिचय है अर्जुन। इसी धनुर्धर को अपनी बहन का हाथ देकर मैं अपने-आपको धन्य समझता हूँ। धर्म में लिप्त रहकर तुम एक यायावर एक अलग घुमन्तू अर्जुन हो। अर्जुन, अपराध-बोध होते रहना अच्छे मनुष्य का लक्षण है और तुम अच्छे मनुष्य हो। ऐसा सखा हर किसी को नहीं मिलता।"

अर्जुन ने अनुगृहीत होकर कहा, "केशव मन के भीतर की तहों को एक-एक करके मैं सिर्फ़ आपके समक्ष खोलता हूँ। जीवन में एक भी ऐसा मित्र मिल जाए जो आपको ठीक से पहचान सके तो जीवन सफल हो जाता है। आपको पाकर मैं धन्य हो गया केशव। आप मेरे सखा न होते तो शायद मैं अपने-आपको पहचानने में सफल न होता। मुझे लग रहा है मैं एकदम हल्का हो गया हूँ। कहीं कोई विरोध

नहीं है। अब मैं सहज रूप से कृष्णा के समक्ष जाकर खड़ा हो सकूँगा।"

यह कहकर अर्जुन चुप हो गया। कृष्ण भी थोड़ी देर आकाश में उड़ती चिड़ियों को देखते रहे। आकाश में उड़ना कितना अच्छा लगता होगा? अर्जुन अब मुक्त आकाश में उड़ सकता है।

अर्जुन फिर मुखर हो उठा—"पर्वत का एक-एक मोड़ मुड़ते, घाटियों का एक-एक दृश्य आत्मसात करते, पहाड़ियों पर चढ़ते, फिर सहज होकर उतरते, कहीं सुन्दर दृश्य देखकर चमत्कृत हो जाते मैंने कई बार अपने आपसे पूछा है—'मैं, कौन हूँ?' परन्तु इसका उत्तर मैंने कहीं नहीं पाया।

क्या कृष्णा का प्रेमी, उलूपी का प्रणय-प्रस्ताव स्वीकार करनेवाला पुरुष, चित्रांगदा पर मोहित होनेवाला व्यक्ति या सुभद्रा जैसी पत्नी पा लेनेवाला पति? केशव, पति तो मैं सुभद्रा को पाने के बाद ही हुआ। पूर्ण हो गया हूँ मैं। इसमें सिर्फ़ वह क्षण अटक जाता है जब मैं कृष्णा के समक्ष अपराधी-सा जाकर खड़ा हो जाऊँगा। क्या कहूँगा मैं—यह सोचते ही मेरे प्राण सूख जाते हैं। जिह्वा अटक जाती है। अपना अस्तित्व झूलता-सा लगता है। कभी लगता है मुझमें विश्वास आ गया है। कभी फिर बड़ा निर्बल हो जाता हूँ। मुझे बल दीजिए। मुझे बल चाहिए माधव! शायद ये बल एकत्रित करने के लिए ही मैं पुष्कर जाना चाहता हूँ। पूर्वजों का पिण्डदान करके निश्चय ही मुझमें बल आएगा। सुभद्रा तो कुछ न कहेगी, पर आपकी आज्ञा अनिवार्य है।"

कृष्ण ने स्नेह से अर्जुन का हाथ पकड़ लिया। फिर कहा, "अर्जुन, तुम कितना विश्वास मुझ पर करते हो। मुझे पूरा पिघलाकर मेरे भीतर समा जाते हो। फिर तुम्हें मैं और प्यार करने लगता हूँ। यह कितना अच्छा हुआ कि तुम वनवास के बाद मेरे ही घर से इन्द्रप्रस्थ जाओगे। मैं बड़ा प्रसन्न हूँ अर्जुन, तुम जाओ। पुष्कर में पितरों का श्राद्ध करके तुम्हारा मन हल्का हो जाएगा। फिर एक बार प्रकृति के संग रहकर तुम और अच्छे मनुष्य हो जाओगे। तुम्हारा कहना सच है अर्जुन। एक बार इन्द्रप्रस्थ जाने पर धनुर्धर अर्जुन दोबारा कभी तपस्वी न हो सकेगा। गृहस्थी में रहकर भी जो तपस्वी हो वही तपस्वी है अर्जुन।"

अर्जुन ने प्रश्न किया, "क्षमा करें माधव, पर आप कैसे तारतम्य बिठा पाते हैं। कहीं आसमान में टकटकी लगाये राधाकृष्ण राधाकृष्ण उच्चारती राधा स्मरण हो आती है। कहीं कुंज गलियों में रास रचाती गोपिकाएँ, कहीं सोलह हज़ार रानियाँ और महल में देवी रुक्मिणी! कितना बड़ा संसार है—आपका! प्रभो कैसे-कैसे तारतम्य बिठा पाते हैं आप? मेरी बुद्धि तो भँवर में गोते खाने लगती है। मैं तो अपनी चारों दिशाओं से ही मुक्त नहीं हो पाता।"...

अर्जुन ने फिर पूछा, "ऐसा क्यों लगता है माधव कि पुरुष ही भटकता है? स्त्री में अनुशासन अधिक है?"

कृष्ण कुछ सोचने लगे, फिर कहा, "अर्जुन, इसमें सबसे बड़ा कारण स्त्री का माँ होना है। माँ होने के बाद स्त्री पूर्ण हो जाती है। पुरुष नहीं होता। उसकी भटकन उत्सुकता कदाचित् नज़रअन्दाज़ होने का अहसास उसे भटकने में सहायता करता है अर्जुन। माँ होना बहुत बड़ी बात है। माँ के बिना कोई कुछ नहीं है। मैं कितना भाग्यशाली हूँ कि मेरी दो माँएँ हैं, मैं दोनों से प्रेम करता हूँ। पर सुख तो स्थिरता में ही है। भटकन में सिर्फ़ भटकन है।"

"ऐसा क्यों है?" अर्जुन ने पूछा।

कृष्ण हँसकर बोले, "मैं जानता था तुम कभी यह प्रश्न पूछोगे। अर्जुन मैं कुंजगली और अन्तःपुर में हमेशा अन्तर रखता हूँ। ये दो मार्ग हैं, जिनका चौराहा मेरा हृदय है। ये मार्ग सिर्फ़ मेरे हृदय में आकर ही मिलते हैं, और कहीं नहीं मिलते। देखो न—कृष्णा के प्रति तुम्हारा मोह और ठोस हो गया है। वह सिर्फ़ तुम्हारी पत्नी नहीं है यह सच है, पर प्रेमिका वह सिर्फ़ तुम्हारी है। माँ होने के बाद स्त्री स्रष्टा के बराबर हो जाती है। स्रष्टा हो जाने के बाद और कोई स्थान उत्तम नहीं है। माँ होकर क्षमा करना सरल है अर्जुन। तुम भाग्यशाली हो—सुभद्रा जैसी सरल पत्नी पाकर कई प्रश्नों से मुक्त रहोगे। प्रकृति तो माँ है। जाओ, एक बार फिर उसकी गोद में विश्राम कर आओ। उसके बाद तो तुम धनुर्धर अर्जुन हो जाओगे।"

सुहाग-कक्ष से निकलकर पुष्कर तीर्थ पहुँचने पर अर्जुन को लगा जैसे नूतन दिवस निकल आया हो। जैसे एक रंगीन गहरी गुफा में से बाहर निकलते ही सूर्य के दर्शन प्राप्त हुए हों। सारी राह में अर्जुन सुभद्रा की निगाह में से बचकर निकलने का यत्न करता रहा। वृक्षों से पहचान नयी करता रहा और प्रकृति के पास आने के लिए आगे बढ़ता रहा। अब लगा कि पहुँच गया है।

पुष्करिणी के तट पर एक स्थान पर उसने यज्ञादि प्रारम्भ किये तो कई तपस्वी ब्राह्मण, पण्डित, विद्वान सब कथाएँ सुनाने और सुनने के लिए आने लगे। इन सभी लोगों से अर्जुन परिचित था। अर्जुन को लगा जैसे वह अपने ही घर आ गया है। धार्मिक कथाएँ, यज्ञ, अग्निहोत्र सब ऐसे ही होने लगे जैसे कभी बीच में छूटे ही न थे। अर्जुन को मन ही मन पता था कि इन सबसे विदा लेने का समय आ गया है।

धनुर्धर अर्जुन के मन में ये क्षण कुलबुलाते रहेंगे, पर फिर तीर्थों में भी आ पाऊँगा या नहीं ये तो विधाता ही जानते हैं। अर्जुन एक-एक क्षण एक-एक शब्द को रोम-रोम में समेटने लगा। वह भूल गया द्रौपदी, भूल गया उलूपी स्त्रियाँ और अपनी नयी पत्नी सुभद्रा को। अहा कितना सुख है। प्रकृति की गोद में बैठे हुए यह स्नेही परिवार कितना अपना लगता है।

अर्जुन भुरुकुवा की रोशनी में उठ जाता। नित्य कर्म करके किसी ओर भी चल देता। रोज़ वन, पर्वत, झीलों, नदियों से मिलकर फिर पुष्कर आता। कभी-कभी दो-चार दिन एकदम प्रकृति के घर ही रह जाता। एक-एक पत्ते को, वृक्ष को, लताओं

को, झाड़ियों को, वनों-उपवनों को यूँ देखता जैसे अन्तिम बार देख रहा हो। कितनी बार किसी विशेष वृक्ष को टकटकी लगाकर देखता, स्नेह से दुलराता और चढ़ती हुई बेलों को सहलाता। आनेवाले फूलों का स्वागत करता और जल में अपना चेहरा निहारता। नदियों के साथ मन-ही-मन बह जाता, हाथों में मखमली वीरबहूटियाँ लेकर उन्हें लजाते हुए देखता, फूलों को खिलते हुए देखता, झाड़ियों से लिपटकर सोये साँपों के जोड़े का बन्द बन्द अलग करके निहारता। कल जहाँ फूल की कली होती अगले दिन उसे कोमल पत्ते-सा खुलते हुए देखता। नवजात शिशु की हथेली-जैसी सिकुड़नों को सीधा करता, उनकी रेखाएँ पढ़ते-पढ़ते मुग्ध हो जाता। कल की कली आज फूल बनी सिर उठाकर घमण्ड से झूलती है। पृथ्वी का हृदय चीर कर गर्दन अकड़ाकर देखती, बेल-वृक्ष के गिर्द एक और बन्धन डाल देती, पानी की बूँद वृक्ष की डाल पकड़ते ही अर्जुन को भिगो जाती, झाड़ियों में कहाँ-कहाँ से सूर्य-किरणें इन्द्रधनुष की तरह चकाचौंध पैदा करतीं, किसी कोने में कल के पड़े सफेद रुई जैसे जीव हिलने-डुलने लगते। अगले दिन उसे आँख खोलकर हैरानी से देखते और फिर उसके अगले दिन कुलाँचें भरते कहीं-कहीं से दिखाई दे जाते। अर्जुन मुग्ध होकर टकटकी लगाये देखता रहता।

मुग्ध अर्जुन की दृष्टि कभी-कभी आकाश की तरफ़ उठ जाती तो कतार में जाती पक्षियों पर अटक जाती। उनके खुले पंखों के नीचे चमकदार रेशम-सा पेट एक उड़नखटोले-सा लगता। पक्षी वृक्षों पर बैठकर अपनी प्रिया से नित्य क्रीड़ाएँ करते। आराम से चुग्गा खोजकर बच्चों के खुले हुए मुँह भर देते। फिर कोई पक्षी अपने जोड़े को उड़ने के लिए उकसाता, फिर उसे लेकर आँखों से ओझल हो जाता। कहीं दूर आसमान के हाथों से गिरता पिघलती हुई चाँदी-सा जल-प्रपात, कहीं अदृश्य से निकल आता झरना, कहीं निर्जन में लेटी तलैया, जैसे प्रकृति ने अलसाकर आँखें खोली हों।

अर्जुन सोचता, क्या मैं एक वृक्ष होकर यहीं नहीं रह सकता?

हज़ारों रंग बदलने वाला आकाश अर्जुन को टकटकी लगाये देखकर हँस पड़ता। बिजली कौंध जाती जैसे प्रकृति की सफेद नाड़ियाँ रोष प्रकट कर रही हों। काली और चाँदनी रातों का अपना अलग सौन्दर्य होता। अर्जुन को लगता—चाँदनी रात कहीं भी सुन्दर होती है पर इस निर्जन आँचल की ओट में इसका सौन्दर्य द्विगुणित हो जाता है। कहीं भी न अघाता अर्जुन! प्रकृति से विदा लेता अर्जुन बार-बार पीछे मुड़ता, जी भरकर देखता, फिर चलने लगता। मन गेंद की तरह भागता—कभी आगे जाता, कभी पीछे भाग आता। अनमना-सा अर्जुन एक दिन समाप्त होने पर उदास हो जाता, पर उस दिन की गठरी में छुपाये क्षणों की अमूल्य निधियाँ अपने मन में कहीं रोक लेता। कुछ भी तो सच नहीं रहता।

एक दिन अर्जुन भी सबको विदा कहकर द्वारिका की तरफ़ चल पड़ा। मार्ग में उसने सोचा—पुरुषों का कोई पीहर नहीं होता, पर मेरा पीहर तो प्रकृति की गोद

है। लड़कियों का पीहर छोड़ने का कष्ट कुछ-कुछ ऐसे ही होता होगा। उसे तत्काल सुभद्रा का ध्यान आया। इन्द्रप्रस्थ जाने पर उसे भी ऐसे ही पीड़ा होगी। मन को कुछ कचोट रहा था। अनमना-सा अर्जुन दायें-बायें दृष्टि गड़ाता हुआ जा रहा था। उसके कानों में कहीं दूर से आती रथ की आवाज़ पड़ी। बहुत दूर से धूल के गुबार से अटी राह के पीछे ही तो सरपट भागता एक रथ आ रहा था। रथ को पहचाना जा सकता था। यह रथ कृष्ण के अतिरिक्त किसका होता और किसके मन में अगवानी का ध्यान आता।

अर्जुन प्रसन्नता से एक स्थान पर खड़ा हो गया। तोता-मैना की एक लम्बी कतार उसके पास से निकल गयी। खुले आकाश पर सूर्य की किरणों से झरझर प्रकाश बह रहा था। अर्जुन के सामने ही पीपल का भव्य वृक्ष था। अर्जुन वहीं जाकर खड़ा हो गया। उस पेड़ पर कई पक्षी बैठकर कलेवा कर रहे थे। अर्जुन को अचानक लगा, भूख लग रही है। द्वारिका पहुँच कर स्नानादि के बाद ही कुछ खाएँगे। अब रथ मुड़ते ही दिखाई देने लगा था। रथ को देखते ही अर्जुन ने सोचा—सुभद्रा भी बाट जोह रही होगी।

रथ घिसट कर अर्जुन के पास आकर रुका। कृष्ण छलाँग लगाकर अर्जुन के गले लगकर बोले, “अब तुम्हें देखने का अभ्यास हो गया था। इतने दिन नहीं देखा!”

“माधव, इतना कष्ट क्यों दिया?”

कृष्ण ने हँसकर कहा, “सुभद्रा कल से ही पीछे पड़ी थी और वैसे भी आजकल आप ससुराल में हैं। जामाता के नाते आपका पूरा ध्यान तो रखना ही पड़ेगा न।”

अर्जुन को लाज आयी। वह बोला, “क्या मेरा आपका नेह ससुराल के कारण ही है?”

“नहीं, ससुराल नेह के कारण है। अर्जुन चलो आओ सब राह देख रहे होंगे।”

“क्या घोड़ों को सुस्ताने के लिए खोल दें।”

कृष्ण ने कहा, “नहीं अब ये आपको पहुँचाने के बाद ही सुस्ताएँगे।”

घोड़े सुबह से ताज़ादम थे। वे सरपट भागने लगे।

प्रकृति की छटा देखते हुए दोनों मित्र बातें करते-करते एकदम द्वार पर आ गये। सुभद्रा अपनी माँ और सखियों के साथ द्वार पर खड़ी थी। अर्जुन को लगा

वह कुछ दुबली हो गयी है। जब तक वह आरती उतारती रही अर्जुन उसी को देखता रहा। आरती की पीली-सी लौ जैसा ही सुभद्रा का मुख हो गया है। अर्जुन ने सोचा, सुभद्रा पति के वियोग में ही सूख गयी है।

इन्द्रप्रस्थ जाने के दिन जैसे-जैसे पास आते जा रहे थे प्रसन्नता से अर्जुन एकदम उतावला हो रहा था। उसकी इच्छा होती—पक्षियों की तरह उड़कर माँ कुन्ती के भवन में झाँक आये। माँ के बाद फिर कुछ स्मरण नहीं आता। सिर्फ़ आँखों में जल भर आता। ढाढस की शिला हृदय से हट गयी थी। अब ढाढस कठिन था।

सुभद्रा के कक्ष में उसकी सखियाँ चाव से वस्त्र टाँकतीं। कोई उसके आभूषण सँभालती, कोई उसे शिक्षा देती। ब्याह हुए तो वर्ष हो रहा था पर ससुराल जाना जैसे एक बार फिर ब्याह होना है। सुभद्रा ने सोचा, पता नहीं क्या होगा? मन में भय सिर उठाने लगा। इतने लोगों के बीच ससुराल में वह कैसे रहेंगी? अपने तो सिर्फ़ अर्जुन होंगे। पर क्या अर्जुन सिर्फ़ अपने होंगे। यह सोचकर एक सिहरन उसकी देह में दौड़ गयी। द्रौपदी का स्मरण हो आया। अर्जुन उसके पति हैं। रो पड़ी सुभद्रा। सखियों ने समझा—मायका छूटने पर रो रही है। सुभद्रा की हिचकियाँ बँध गयीं तो जिनका ब्याह हो चुका था उन्होंने कहा, "राजकुमारी, स्त्री के भाग्य में मैका छोड़ने का कष्ट तो है पर ससुराल जाते ही सब भूल जाओगी। वहाँ जाते ही लगेगा सदा से यहीं पर थी। पीहर दूसरा घर लगेगा। कितना भी प्रिय हो, है तो पीहर ही। अपना घर अब तुम्हारे लिए अर्जुन है। अर्जुन ही घर है। जब तक यहाँ है तब तक ये घर है, जब वहाँ जाएगा तब वही घर है। स्त्री के लिए पति ही घर है और था, घर तो तुम साथ लेकर जा रही हो बहन।"

उस दिन का सूरज भी उग आया। सूर्य अपने समय पर निकला, पर महारानी को लगा आज मेरी बेटी को जाना है आज सूर्य भी शीघ्रता में हैं। महाराज भी अपनी लाडली बेटी को विदा करनेवाले दिन काफ़ी उदास थे। उन्हें चिन्ता तो न थी, पर बेटी के बिछोह का शूल डंक मार रहा था। उन्होंने अपने आँसू पी लिये और यह सोचकर निश्चिन्त हो गये कि वहाँ उनकी बहन कुन्ती है। वह अपनी लाडली भतीजी को कभी उदास न होने देगी।

सुभद्रा सोच रही थी ऐसा क्यों नहीं हो सकता कि अर्जुन यहीं रहें? ब्याह तो हो ही गया है। इन्द्रप्रस्थ जाकर सबसे मिलकर आ सकते हैं। मैं भी मिलकर आ जाऊँगी।...

माँ की आँखें उसे देखते ही भर आतीं तो वह दूसरी ओर मुँह कर लेतीं। माँ ने ही उससे एक दिन कहा था, "सुभद्रा, वहाँ तुम्हारी बुआ हैं। तुम्हें बहुत स्नेह करेंगी, पर ससुराल में सबको प्रसन्न करने का यत्न करना। देवी द्रौपदी तुम्हें कृष्ण की बहन जानकर निश्चय ही बहुत स्नेह करेंगी। अपने देवर-जेठों का बहुत सम्मान करना।"

सुभद्रा ने पूछा था, "माँ क्या वे मेरा सत्कार नहीं करेंगे?"

माँ मुस्करायी थी, “क्यों नहीं करेंगे। अवश्य करेंगे। पर अर्जुन बारह वर्ष के वनवास के बाद जा रहा है न, पहले तो वे उसी के चाव में रहेंगे। अर्जुन तो पूरे देश का भ्रमण करके जा रहा है। पहली बार अपनी माँ और भाइयों से इतनी अवधि के लिए पृथक् हुआ है। तुम्हें तो देवी कुन्ती अपनी दृष्टि से ओझल न होने देंगी।”

“माँ, आप मुझे कब बुलाएँगी?”

महारानी इस प्रश्न पर चौंकीं। सुभद्रा के स्वभाव को जानते हुए उन्हें लगा—पुत्री को भय लग रहा है। उन्होंने बड़ी सहजता से कहा, “तुम्हारे जाने के बाद तुम्हारे भाई उपहार लेकर तुम्हारे पास आएँगे। जब देवी कुन्ती की आज्ञा होगी, तब तुम आ जाना। यही नियम है।”

सुभद्रा ने कहा, “माँ, मुझे ससुराल जाने में भय लग रहा है।”

“भय नहीं है सुभद्रा, नये स्थान पर जाते समय हृदय कई तरह की कल्पनाएँ करता है।”

सुभद्रा जैसे सभी कुछ आज ही पूछ लेना चाहती थी। उसने कहा, “माँ, क्या देवी द्रौपदी क्रोधित होंगी?”

“नहीं सुभद्रा, जब अर्जुन ने तुम्हारा अपहरण ही कर लिया तब तुम कहाँ दोषी हो!”

“माँ, मुझे लगता है अर्जुन देवी द्रौपदी से बहुत डरते हैं।”

“वे बड़ी हैं, पूज्या हैं। उनका शासन तो सब पर चलेगा।”

सुभद्रा माँ को टुकुर-टुकुर देखने लगी। तब महारानी ने उसकी चिबुक उठाकर बहुत प्यार से कहा, “सुभद्रा, जब तुम्हारा पुत्र हो जाएगा तब सभी बहुत प्रसन्न होंगे।”

सुभद्रा को लाज लगी। उसने पुत्र के बारे में कभी सोचा भी न था। पुत्र होगा तो क्या करेगी वह। तभी माँ ने कहा, “सुभद्रा, तुम अपने कक्ष में जाकर तैयार हो जाओ। तुम्हारे साथ थोड़ा-सा ही सामान जाएगा। वह भी रथ में रखना है।”

“माँ, मैं अपना सब कुछ ले जाऊँगी।”

“हाँ, सभी कुछ बाद में तुम्हारे भाई ले जाएँगे। अर्जुन के साथ सिर्फ़ आवश्यक सामान ही जाएगा।”

बेटी की विदाई की वेला राजा और रंक पर समान रूप से आती है। सारी द्वारिका जैसे उदास होकर सुभद्रा को विदा कर रही थी। माँ ने उसे कसकर छाती से लगाया। फिर उसका सिर सूँघकर कहा, “बेटी सुखी रहो।”

सुभद्रा को जब लगा—अब मैं जा रही हूँ तो वह हिलक-हिलककर रोने लगी। कृष्ण ने उसके सिर पर हाथ रखा। फिर कहा, “सुभद्रा, तुम्हारे पीछे-पीछे ही मैं और भैया आ जाएँगे। लड़की का घर ससुराल ही होता है। जाओ बहन, सुखी रहना और सुखी रखना।”

महाराज एक तरफ़ खड़े होकर अपनी लाडली बेटी को ससुराल जाते देख

आँखों से आशीर्वाद बरसाते रहे। आज चली गयी मेरी सुभद्रा अपने घर।

रथ पर बैठते ही सुभद्रा ने आँचल से आँसू पोंछ लिये और पीछे छूटती द्वारिका को देखती रही। अर्जुन के मन का उछाह और उत्साह घोड़ों की चाल से मालूम होता था। हवा से बातें करते घोड़े सरपट भाग रहे थे। मार्ग के दोनों ओर वृक्षों की क़तारों पर पक्षी बैठे गा रहे थे। अर्जुन को लग रहा था—जितना निर्मल आकाश आज है इतना कभी भी न था। बारह वर्ष बाद अपने घर जा रहा था अर्जुन। मार्ग में समय तो लगेगा ही, पर उसका हृदय धौंकनी की तरह बज रहा था। कितनी देर अर्जुन अपने मन के हर्ष के साथ ही चलता रहा। फिर उसने सुभद्रा को देखा। वह डरी हुई हिरणी की तरह रथ की टेक को हाथ से पकड़कर सहमी-सी बैठी थी। अर्जुन को लगा उससे अपराध हो रहा है। उसने घोड़ों की रास थोड़ी ढीली की। फिर घोड़ों से कहा, "धीरे चलो, हमारी सुभद्रा भयभीत हो रही है।" घोड़ों ने जैसे बात समझी, उनकी चाल धीमी हुई तो अर्जुन ने फिर रास उन्हीं पर छोड़ दी।

सुभद्रा ने चैन की साँस ली। फिर अर्जुन को देखा। अर्जुन ने उसकी सूजी हुई आँखों को देखकर कहा, "प्रिये क्षमा करना, मैं अपने उत्साह में यह भूल ही गया कि तुम पहली बार ससुराल जा रही हो।"

इस बात पर दोनों ही हँस पड़े। अर्जुन को लगा शायद इसे भय लग रहा होगा। उसने कहा, "इन्द्रप्रस्थ में तुम्हें बहुत भला लगेगा, कभी कहीं कोई त्रुटि रह जाए तो निःसंकोच मुझसे कहना। मैं हर प्रकार से तुम्हें सुखी रखने का यत्न करूँगा।"

सुभद्रा ने दृष्टि झुकाकर संकोच से कहा, "माँ ने कहा था—रथ बहुत तेज नहीं चलाना चाहिए।"

अर्जुन हँस पड़ा, फिर बोला, "हमारे पुत्र की माँ होने के बाद तुम फिर हमारा ध्यान तो न रखोगी।"

सुभद्रा ने लज्जा से लाल होते हुए अपनी गर्दन झुका ली।

अर्जुन फिर आनेवाले दिनों में खो गये। उन्हें अपने सभी भाई बाँहें पसारे दिखाई दे रहे थे। ज्योंही इन्द्रप्रस्थ की अट्टालिकाएँ दिखाई देने लगीं, अर्जुन ने घोड़ों को दौड़ाना शुरू किया फिर सुभद्रा पर दृष्टि पड़ते ही रास ढीली छोड़ दी।

"सुभद्रा, मैं अपने वश में नहीं हूँ। मुझे क्षमा करना। मैं अपने भाइयों को देखते ही रथ से उतर जाऊँगा। जब तक माँ और राजमहल की दूसरी स्त्रियाँ न आयें, तुम रथ से न उतरना।"

अर्जुन का मन उमड़ा आ रहा था। बादल घुमड़ रहे थे पर अर्जुन ने बरसने न दिये। कितने वर्ष हो गये इस इन्द्रप्रस्थ को देखे। इसमें साँस लिये, इसमें जिये। आहा, माँ कुन्ती भी हैं। भाई भी! पूरा ब्रह्माण्ड तो यही है। रथ को थोड़ा धीमा करके अर्जुन ने घोड़ों पर रास रखी और दौड़कर अपने भाइयों के गले जा लगे। अब तो मेघ बरसे तो हर ओर से जमकर बरसे।

कुन्ती भी भावविभोर थी। अपने पाँचों बेटों को देखकर वह फूली न समा रही थी। अर्जुन तुरन्त उनके चरण छूकर माँ के सामने हाथ जोड़कर खड़े हो गये। कुन्ती ने कहा, "बेटा सुभद्रा को रथ से उतार लाती हूँ।"

सुभद्रा घबरायी हुई थी। रथ से उतरी तो कुन्ती ने उसे गले लगा लिया। उसका माथा चूमकर कहा, "आओ सुभद्रा, वर्षों से तुम्हें नहीं देखा। बड़ी हो गयी हो। इतनी सुन्दर बहू मेरे अर्जुन की है। मैं कृतार्थ हुई।" सुभद्रा ने झुककर सास के पाँव छू लिये। आस-पास देखा–द्रौपदी कहीं न थी।

सुभद्रा अपनी बुआ को देखकर खुश हुई, परन्तु इतनी स्त्रियों में द्रौपदी को न देख उसका मन बड़ा खिन्न हुआ। कुन्ती उसे अर्जुन के महल में ले गयी। स्त्रियाँ मंगलगीत गा रही थीं। कुन्ती ने द्वार पर सुभद्रा की बलैयाँ लीं और उसे भीतर नयी बहू के कक्ष में बने आसन पर बिठा दिया। फिर उपहार दिखाकर उसे गहनों से लाद दिया। जब सब स्त्रियाँ धीरे-धीरे चली गयीं, तब कुन्ती ने सुभद्रा से कहा, "बेटी, यहाँ तुम्हें सब बहुत स्नेह करेंगे। तुम सबका एक जैसा सम्मान करना।" तभी अर्जुन अपने भाइयों से मिलकर कक्ष में आये तो उसने देखा कि सुभद्रा गहनों के बोझ से झुकी माँ कुन्ती के वचन सुन रही है। अर्जुन जाकर फिर माँ के चरणों में गिर पड़ा। कुन्ती ने उसका माथा सूँघकर कहा, "बेटा, ये बारह वर्ष मैंने बारह युगों की तरह काटे हैं। अब मेरी आँखों से ओझल न होना। सुभद्रा को देखकर मेरा बारह वर्षों का हरण हो गया है। मेरा ही एक अंश मेरे घर में आकर मुझे सुख देगा, मैंने कब सोचा था अर्जुन! मैं बहुत भाग्यशाली हूँ। पुत्र अब तुम व्यवस्थित होकर भोजनकक्ष में आना।"

अर्जुन ने कहा, "भोजन में अभी बड़ी देर है माँ। मैं पहले पांचाली से मिलकर आता हूँ।"

कुन्ती ने प्रसन्न होकर कहा, "तुम्हें यही शोभा देता है पुत्र।"

अर्जुन द्रौपदी के कक्ष में एक अजनबी की तरह चारों ओर दृष्टि घुमाता हुआ जा रहा था। द्वार पर ठिठका फिर भीतर चला गया। उसके सभी भाई युधिष्ठिर के पास थे।

परिचारिकाएँ खड़ी हो गयीं। एक ने कहा, "देवी भीतर हैं।"

अर्जुन धीरे-से द्रौपदी के कक्ष में दाखिल हुआ। दोपहरी के समय पर्दों ने धुँधलका कर रखा था। थोड़ी देर में जब आँखें अभ्यस्त हो गयीं तो अर्जुन ने देखा, औंधी पड़ी द्रौपदी की देह पूरी-की-पूरी बालों से ढँकी हुई है। कुछ बाल शय्या से नीचे धरती छू रहे हैं। कहीं-कहीं से उसकी देह का कोई भाग अँधेरे में बिजली की तरह चमक रहा था। अर्जुन किंकर्तव्यविमूढ़ से खड़े रहे। द्रौपदी का मुँह भी बालों से ढँका था। उसके साँस भीतर खींचते ही बाल उड़ते, फिर बैठ जाते। अर्जुन साँस रोके खड़ा था। अर्जुन को कुछ न सूझा। उसने सोचा थोड़े से बाल हटा दूँ तो शायद

कृष्णा जग जाए। बारह वर्ष बाद लौटा हूँ। कभी कृष्णा नहीं कहा उसे। देखा ही कहाँ। सिर्फ़ मन-ही-मन पुकारता रहा—कृष्णा, कृष्णा, कृष्णा!...

अर्जुन न जाने कितनी देर खड़ा रहा। क्या करे, कुछ न सूझ रहा था। फिर वह अपने-आपको दोषी पाने लगा। इसे ही तो स्वयंवर में जीता था, फिर क्यों बँटने को छोड़ दिया। कई भागों में बँटी मेरी द्रौपदी कैसे शय्या पर पड़ी है। क्या करूँ? कमरे को निस्तब्धता और भयानक कर रही थी। अँधेरा भी भयावह था। द्रौपदी निश्चल पड़ी थी।

अर्जुन ने साहस करके उसके समीप जाकर धीरे-से कहा, "कृष्णा!"

उसका स्वर भर्राया हुआ था। उसने फिर कहा, "कृष्णा" पर द्रौपदी ने यदि सुना तो भी कोई उत्तर नहीं दिया।

अर्जुन का मुँह सूख रहा था। जैसे उसके प्राण जिह्वा पर आ गये थे।

"कृष्णा!"

जैसे कोई कराह रहा हो, जैसे कोई उच्छ्वास, जैसे बहुत नीचे से तहखाने से घुटकर निकलती कोई चीख—

"कृष्णा!..."

अर्जुन ने साहस करके एक पूरा वाक्य बोल दिया, "कृष्णा, मैं तुम्हारा घोर अपराधी अर्जुन तुम्हारे सामने खड़ा हूँ। मुझे दण्ड दो परन्तु मुझसे कृपया बात करो।"

द्रौपदी एक झटके से उठ गयी। अर्जुन को देखते ही ज़ोर-ज़ोर से हिलक-हिलककर रोने लगी। बारह वर्षों के बाद आँख का जमा हुआ पानी जैसे एक छिद्र मिल जाने पर बह निकला। एक-एक बूँद होड़ करके पहले बह जाना चाहती थी। अब द्रौपदी कराहती हुई रो रही थी। जैसे कोई अपना बहुत प्रिय मर गया हो। अर्जुन को समझ न आ रहा था वह कैसे इसे चुप कराये। वहीं स्तब्ध खड़ा था। कुछ क्षण के बाद उसने कमरे में देखा- मिट्टी के पात्र में जल पड़ा था और पास ही एक ताँबे का गिलास। अर्जुन ने गिलास जल से भरा और द्रौपदी के आगे रखकर कहा, "कृष्णा, जल ग्रहण करो।"

द्रौपदी ने अर्जुन को अपने आग्नेय नेत्रों से देखा और जल का पात्र दीवार पर दे मारा। उसके बाद शय्या पर लोट-लोटकर रोने लगी। अर्जुन क्या करे, उसे कुछ न सूझ रहा था। द्रौपदी की शय्या के पास खड़ा कौन था? वह उसका प्रेमी, उसका सखा, उसका पति, कौन है अर्जुन? अपना मुँह झुकाकर उसने द्रौपदी को दुःख में रोते-रोते लोटते हुए देखा तो कहा, "कृष्णा, मुझे दण्ड दो। पर इस प्रकार रोओ नहीं। मैं नहीं जानता क्या करने पर तुम चुप हो जाओगी।"

द्रौपदी घायल हिरनी की तरह शय्या पर बैठ गयी फिर रोते-रोते ही कहने लगी, "यहाँ क्या लेने आये हो, क्यों आये हो? अब कुछ नहीं रहा—कुछ भी नहीं रहा। मर गयी कृष्णा।"

अर्जुन ने फिर पात्र जल से भरा और जाकर द्रौपदी के होठों से लगा दिया। फिर कहा, "जल ग्रहण करो देवी! मैं कह चुका हूँ मैंने तुम्हारे प्रति घोर अपराध किया है। मैं दोषी हूँ। मुझे दण्ड दो, परन्तु इस तरह रोओ नहीं। मैं सहन नहीं कर सकता। मेरी छाती फटी जा रही है।"

द्रौपदी जल ग्रहण कर रही थी। गिलास अर्जुन के हाथ में था। वह उसकी आँखों में बनते-बिगड़ते प्रतिबिम्ब देख रहा था। उसकी आँखों में स्नेह भरते देख अर्जुन में साहस पैदा हुआ। उसने कहा, "तुम्हारी त्रासदी से मेरी त्रासदी कम नहीं है कृष्णा! कोई भी ऐसा प्रहर नहीं बीता जब तुम मेरे पास न थीं। मैं तो तपस्या करने गया था। दिन-रात धार्मिक कथाएँ सुनता, यज्ञ करता, अग्निहोत्र करता था। कभी किसी स्त्री की ओर मेरा ध्यान न था। मेरे लिए स्त्री तो सिर्फ़ तुम थीं कृष्णा। सभी जगह तुम ही थीं। उसी तरह तुम्हारे चिन्तन में—तुममें गुम मैं बारह वर्ष बिताकर आ जाता। पर संसार में प्रवेश करने के बाद फिर मनुष्य कहाँ लौटता है? फिर भी मैं लौटा हूँ कृष्णा। मुझे क्षमा कर सको तो करो। मेरा अपराध तो अक्षम्य है, यह मैं जानता हूँ।"...

द्रौपदी स्वस्थ हो चुकी थी। उसने एक और पात्र पानी का भरकर पिया। फिर भर्राये स्वर में कहने लगी, "अर्जुन, जो तुम्हारे समक्ष मैं रोयी ये बारह वर्ष पहले का रुदन है। बारह वर्षों में मैं माँ हो गयी। मेरा सारा क्रोध बह गया है। यह शायद उसका अन्तिम भाग था। जाने से पहले तुम मुझसे मिलकर भी न गये। मैं कहलवाकर भी न भेज सकती थी। अर्जुन, मैंने दो दीवारों के बीच फँसी गौरैया की तरह ये बारह वर्ष काटे हैं। अपनी त्रासदी तो भोगी ही है, तुम्हारी भी मलहम की तरह देह पर मली है। तुम तो इस तरह गये जैसे धनुष में से बाण छूटता है। फिर यदा-कदा तुम्हारे समाचार आते रहे। तुम्हारे भटकने के समाचार यहाँ मैं विस्तार से न जान पाती थी। यहाँ मुझे कोई अभाव न था, न है, पर जो अभाव था उसे कोई भी पूरा न कर सकता था। न कर सकेगा। पूरे मन से देह भी उसे ही समर्पित की जा सकती है जिसमें मन की सुगन्ध घुली हो। पर तुम कहाँ समझोगे? जाते समय एक शब्द भी कहकर जाते तो मुझे ढाढस होता। तुम्हारा जाना भी जैसे एक छलना था, तुम्हारा लौटना भी जैसे एक भुलावा है।"

"मैं लौट आया हूँ कृष्णा। मुझ पर विश्वास तो तुम क्या करोगी पर इतना जान लो कि मैं लौट आया हूँ।"

"सच ही लौट आये हो फागुन। मैं हमेशा तुमसे बात करती तो फागुन ही कहती। इच्छा होती जिस नाम से मैं तुम्हें बुलाऊँ उस नाम से तुम्हें कोई न बुलाए। इसी जीवन में तुम्हें पाने के लिए क्या नहीं किया। उसी यत्न में तुम्हें खो दिया फागुन।"

"अगर खोया है तो खोकर पा लिया है तुमने। तुम वैसे ही मुझमें हो जैसे

कृष्ण में राधा है। राधा जो कृष्ण की कोई नहीं, पर राधा ही शायद रह जाएगी कृष्ण के साथ। यही तो कहा था कृष्ण ने।"

"कृष्ण तुम्हारे सखा हैं अर्जुन। वे मेरे भी सखा हैं। मेरी त्रासदी जानते हैं। उन्हें ही बताया था मैंने। तुम बारह वर्ष के लिए गये और मुझसे मिले भी नहीं।"

अर्जुन ने कहा, "कृष्णा अब शायद कहीं जाना ही न हो। पर जाऊँगा तो तुम्हारी आज्ञा के बिना नहीं जाऊँगा। तुम्हारी मुझ पर कृपा क्या मेरे गुणों ही के कारण है? मेरे अवगुण भी तुम्हारी कृपादृष्टि के पात्र हैं। अब मुझे क्षमा करो। तुम्हारे क्षमा करने पर ही मैं इन्द्रप्रस्थ में सहज होकर रह सकूँगा। तपस्वी बनकर वनों में भी भटक सकता हूँ।"

"फागुन, क्षमा तो मैंने तुम्हें कब से कर दिया है। न करती तो जी न पाती। जिन कारणों से मर न सकी उन्हीं कारणों से तुम्हें क्षमा किया। क्षमा करने के बाद ही तो जीने का अर्थ समझ में आया। स्त्री माँ होकर सृष्टि के करीब-करीब हो जाती है, तब क्षमा करना कितना सहज होता है। लगता है परिचारिकाएँ भोजन के लिए निमन्त्रित करने आ रही हैं। तुम भोजन कक्ष में जाओ, मैं थोड़ी व्यवस्थित होकर आती हूँ।"

"तो फिर आज्ञा कृष्णा, मैं चला।"

द्रौपदी व्यवस्थित होकर कक्ष में आयी तो लाल रेशम की साड़ी में अग्निशिखा-सी एक ग्वालिन वहाँ खड़ी थी। द्रौपदी को देखते ही उसके चरणों में फूलों-सी बिखर गयी।

द्रौपदी ने उसे उठाया, फिर ध्यान से देखकर कहा, "तुम गोकुल की ग्वालन हो न?" उसने कहा, "मैं आपकी दासी हूँ।"

द्रौपदी ने हँसकर कहा, "मेरे सखा कृष्ण की बहन सुभद्रा का स्वागत है।"

"कृतार्थ हुई देवी। मुझे आशीर्वाद दें।"

द्रौपदी ने कहा, "तुम्हारे पति यशस्वी हों, विजेता हों, दीर्घायु हों।"

सुभद्रा ने हँसकर कहा, "ऐसा ही हो देवी।"

भोजन-कक्ष में द्रौपदी सुभद्रा को साथ लेकर गयी तो सबने प्रसन्नता से देखा। द्रौपदी ने कहा, "यह सुभद्रा है, हमारे कृष्ण की बहन, हमारे अर्जुन की पत्नी।" सुभद्रा ने महाराज युधिष्ठिर और भीम के चरणों में प्रणाम किया। दोनों ने कहा, "तुम हमारे माधव की बहन हो। हम तुमसे चरण न छुआएँगे। पर नकुल-सहदेव दोनों तुम्हारे देवर हैं, वो तुम्हारे चरण छुएँगे।"

द्रौपदी ने सुना तो मन में कुछ चुभ गया—मैं तो किसी की भाभी नहीं पाण्डवों की पत्नी हूँ। उसने यह विचार झटका। फिर सुभद्रा से कहा, "सुभद्रा तुम्हारा भोजन-कक्ष में स्वागत है। कल से तुम ही भोजन का प्रबन्ध करना। निरीक्षण भी तुम ही करना।"

सुभद्रा ने शीश झुका लिया।

कुन्ती ने प्रसन्न मन से कहा, "पांचाली, तुम्हारे लिए भी एक कार्य है। कुछ ही महीने में हमारे आँगन में मेरा छोटा अर्जुन खेलेगा। उसकी माँ तो तुम ही होगी।"

द्रौपदी ने सुभद्रा को गले लगाकर कुन्ती से पूछा, "क्यों माँ, पुत्र ही क्यों, पुत्री क्यों नहीं। एक पुत्री बड़ी करने का बड़ा चाव है। जानना चाहती हूँ जब पुत्री ससुराल जाती है तो माँएँ कैसे रहती हैं?"

यह सुनते ही सुभद्रा की आँखों से आँसू बरसने लगे। उसने दूसरी ओर मुँह कर आँसू पोंछे तो द्रौपदी ने पूछा, "क्या माँ की याद आ रही है। माँ की याद तो हमेशा आएगी, पर पुत्र को देखते ही सब भूल जाओगी। यही होता है। माँ होकर ही माँ को भूला जा सकता है, फिर भी माँ हमेशा साये की तरह संग रहती है, लो मैं भी क्या बात करने लगी। चलो तुम्हें भोजन करवाऊँ।"

"जी!"

"क्या तुम इतना ही बोलती हो। सुभद्रा, माधव की बहन, तो मेरी भी बहन हुई, तुम मुझे दीदी कहा करोगी न?"

"जी दीदी।"

दोनों भोजन करने लगीं तो अर्जुन ने चैन की साँस ली। कितना भय था, कैसे सब तय हो गया। अर्जुन आश्वस्त हुआ। उसने सोचा—कृष्णा और सुभद्रा में यदि स्नेह हो जाता है तो मेरा बाक़ी जीवन सरलता से बीतेगा। वन में देखी एक नदी का स्मरण हो आया। कितनी सुन्दर नदी थी, कैसा जल कल-कल बह रहा था? दोनों किनारे दूर-दूर थे। ये जल ही उन्हें जोड़ता था, भिगोता था। कभी-कभी ज़रा-सा किनारा टूटता तो तुरन्त जल में मिलकर जल हो जाता। कितनी ही देर अर्जुन वहाँ बैठा रहा था। पकड़ पाना भी कठिन था, तो भी अर्जुन ने अपनी अंजली में भर लिया था। उसको अपनी स्मृति में सँजोकर रखी वह नदी अर्जुन को बहुत प्यारी लगी। नदी ही तो हूँ, मैं बहता जा रहा हूँ। द्रौपदी और सुभद्रा इसके किनारे हैं—बहुत दूर बहुत पास। अब मैं भटकूँगा नहीं, यही दो किनारे मुझे पकड़े रहेंगे। भटकने में सुख नहीं है। सुख पकड़े जाने में ही है, किसी को अपनाने में किसी का हो जाने में है, जैसे नदी समुद्र की हो जाती है, अपना अस्तित्व भी उसी में गुम हो जाने देती है, फिर रह जाता है—सिर्फ़ समुद्र। समुद्र तो विशाल है, अपार है, अनन्त है। एक शब्द समुद्र परन्तु जिसके अनेक नाम हैं गंगा-यमुना-सरस्वती-चन्द्रभागा, तवी और कितने ही।

"कहाँ भटक गये धनंजय?" भीम ने पूछा तो अर्जुन ने कहा, "अब कहाँ भटकूँगा भीम!"

दोनों हँस पड़े तो कुन्ती की आँखें भीग उठीं—आ गया मेरा अर्जुन! उसने मन-ही-मन कहा।

□□□